二見文庫

ご近所妻

睦月影郎

目次

ご近所妻

第一章　人形の部屋

1

「まあ、ここで働いていたの？　確か、永沢《ながさわ》さん……」

「はい。まだバイトはじめたばかりなのですけれど」

スーパーのレジで、隣室の奥さんに声をかけられ、行男《ゆきお》は頬を熱くして答えた。

前から綺麗な人だと思って憧れを寄せ、もちろんオナニーの妄想では何度もお世話になっていたから、話しかけられて舞い上がってしまった。

彼女は三十歳前後で、表札にある名前は、新堂芳恵《しんどうよしえ》。

とにかく速やかに仕事しなければならない。行男は緊張による指の震えを抑えながら食品を一つ一つチェックしてカゴに移し、料金を言った。

お金とお釣りの受け渡しで互いの指が触れると、痺れるような悦びが感じられた。

「有難うございました」

頭を下げて言うと、芳恵は神々しいほど透き通った笑みを浮かべて会釈し、店を出ていった。

次の客もいなかったので、彼は透明のドア越しに彼女の後ろ姿を見送り、スカートの丸いお尻と、裾から伸びる白い脹《ふく》ら脛《はぎ》を熱烈に見つめた。やがて彼女は駐車場の方へ行き、見えなくなってしまった。

「永沢君。倉庫の方へ回って」

店長から言われ、行男は返事をし、レジを交代して荷物の整理の方へと行った。

レジは緊張するから、倉庫の方が気楽でよかった。それでも、レジの仕事の短い間に芳恵に会えてよかったと思った。

永沢行男は十八歳。一浪目で、都内のマンションでの一人暮らしも二カ月目に入ったところだった。一人なのに3ＬＤＫの広いマンションは贅沢だが、実は持ち主である母方の叔父が仕事でアメリカへ赴任してしまったので、一年間留守番を頼まれたようなものだった。

予備校へは行かず、一人でせっせと勉強とバイトに精を出していた。というのも今回の受験失敗も、実に惜しかったところなのだと自分で思い、次は確実に合格するという自信があったので自宅浪人にしたのである。

（彼女、今夜はクリームシチューだな……）

行男は倉庫の整理をしながら、さっき芳恵が買っていった食材を思い出した。

入り口のポストに張られた表札には『新堂浩之《ひろゆき》　芳恵』と書かれているので、人妻なのだろうが、亭主には廊下でもエレベーターでも会ったことがない。赤ん坊の声も聞こえないので、まだ子持ちではないのだろう。

互いのドアが向かい合わせなので、最初は芳恵の方からにこやかに挨拶してきたのだ。それからも、たまに行き会うたびに会釈する仲となっていた。

セミロングの黒髪に、クッキリとした目鼻立ち。濃い眉が知性と意志の強さを表しているようだが、何しろ笑顔は輝くばかりに美しかった。

ほっそりと見えるが、胸と腰は案外に豊満な丸みを帯びている。

行男は彼女の名をパソコンで検索してみたりもしたのだが、ソーシャルネットワークにも入っておらず、ホームページも見当たらなかった。しかし勤めに出ている感じでもないので、部屋で何か仕事をしているのかも知れない。

どんな性生活をしているのだろうかと、彼はあれこれ想像をめぐらせながら黙々と集荷の整理をした。

行男は、郷里の静岡での高校時代は文芸部に所属し、勉強はまあまあ出来たがスポーツはダメで、ファーストキスも知らない完全な童貞だった。両親とも教員で、受験に自信はあったものの高望みした一校にしぼったため、見事に落ちてしまった。

まあ一年間は気ままに暮らすのもいいだろうと、今は居直ったように浪人生活を楽しんでいた。

文芸部で一緒だった森明日香《もりあすか》も上京しているし、そのうち落ち着いたら会おうと思っていた。明日香は女子大だから、早々と彼氏が出来るようなこともないだろう。

行男は人妻の芳恵のみならず、可憐な美少女明日香の面影も浮かべ、股間を疼かせてしまった。

そう、高校時代はもっぱら明日香の妄想ばかりでオナニーしていたのである。

(美少女と人妻、どちらもいいものだなあ……)

行男は思ったが、そのどちらとも深い関係になどなれないだろうと諦めていた。

明日香とは高校時代何かと親しく話していたが、彼女は行男に友情以上のものは感じていないだろうと思っていた。だから都内でのデートに応じてくれるかどうか自信がなかったため、ずるずると連絡を先延ばしにしているのだった。

やがて日が暮れ、行男は勤務時間を過ぎたので、安売りになった総菜を買ってからマンションに帰った。

エレベーターで八階まで上がり、向かいの芳恵のドアをチラと見てから鍵を開けて自室に入った。玄関から上がると、すぐ大きなキッチンとリビング。商事会社勤務の叔父は、液晶テレビやソファ、冷蔵庫も洗濯機も置いていってくれたので、実に快適な生活を送ることが出来た。

寝室にはセミダブルベッドもあり、あとの二間はぶち抜きの書斎だ。小説本も多いから、当分は退屈もしない。ただ、バツイチの叔父は仕事一筋の堅物で、アダルトDVDや、官能小説やヌード写真集の類は一切なかった。

そして家賃がタダだから家からの仕送りは少なく、それで行男はスーパーのバイトをはじめたのだった。

やがて彼は飯を炊いてテレビを見て、買ってきた総菜で夕食をすませた。ご飯と味噌汁は自分で作れるようになったが、おかずはスーパーで買った出来合いのものばかりだった。

洗い物をすませて風呂から上がると、あとは眠くなるまで自由時間だ。朝はきっちり七時に起きる習慣なので、勉強は昼間している。要するに、夜は楽しみなオナニータイムで、毎晩二回は抜いているのだった。

行男は、ドアの向こうで彼女は何をしているのだろうかと、やはり最も身近な芳恵を妄想した。

マンションの部屋はシンメトリックな作りだろうから、トイレの向こうはトイレ、おそらく寝室の向こうも、たぶん彼女は寝室にしているのではないかと思われたが、いくら耳をすましてみても、彼女の部屋の物音が聞こえることはなかった。

盗聴器を買いたい。彼女が出したゴミも漁りたい。そして何より、彼女に誘惑されてセックスの手ほどきを受けたい、と思いながら無垢なペニスをしごき、やがて彼はベッドに横になりながら絶頂に達してしまった。

快感を味わい、それが過ぎ去ると空しさの中でザーメンを拭き、呼吸を整えた。あとは毎晩の習慣で、書斎にあるノートパソコンを開き、ソーシャルネットワークで静岡の友人の日記にコメントをつけたりしてから寝たのだった……。


——翌日、バイトも休みなので行男は午前中勉強をし、昼食をすませた。

午後も勉強するか、散歩に出て本屋に寄ろうか考えていたらチャイムが鳴った。

出てみると宅配便の業者だ。

「あの、向かいの新堂さんがお留守のようなのですが、預かっていただけますか」

「はあ、わかりました」

彼は段ボールの荷物を受け取り、代わりにサインしておいた。このマンションは住民同士で家族付き合いをしていることが多く、こうしたことは普通のようだった。

部屋に戻って荷物を見ると、差出人は浩之となっているから旦那だろう。住所が北海道のアパートだから単身赴任なのかも知れない。箱が大きい割に軽く、中身は花と書かれていた。

それを玄関に置き、外出は控えた。そして何度も魚眼レンズを覗いては向かいのドアを見て、芳恵が帰るのを心待ちにしてしまった。

やがて三十分ほどでチャイムが鳴り、慌ててドアに駆け寄りレンズを覗くと、買い物から帰ったらしい芳恵が立っていた。こちらに預けたと、業者がメモをポストに入れておいたのだろう。

「はい」

行男は返事をしてドアを開けた。

「ごめんなさいね。預かっていただいたようで」

「ええ、どうぞ」

行男が荷物を渡すと、芳恵が思いがけないことを言った。

「お忙しいかしら。お茶でも飲みに来ません？　ケーキをいただいたので」

「あ、はい。でも……」

「どうかご遠慮なく」

芳恵が笑顔で言うので、行男も頷き、そのままサンダルを履いて一緒に出た。そして施錠し、誘われるままますぐ向かいのドアから入った。

緊張しながら上がり込むと、やはりキッチンとリビングがシンメトリーになり、何やら鏡の世界に入ったように奇妙な感じがした。

「どうぞ。散らかっているけど」

芳恵は言ってソファをすすめ、自分は湯を沸かしてキッチンのテーブルで宅配便の荷物を開けた。そして色とりどりの花を出し、花瓶に活けた。

「今日は私の誕生日なの。だから北海道に赴任中の主人が送ってくれて、職場からもケーキをいっぱいもらったわ」

芳恵が紅茶の仕度をしながら言う。

「職場、ですか」

「ええ、月に何度かパッチワークの工房に行っているの。あとは自宅でお人形を作って、ネットで売っているのよ」

なるほど、それで毎日出勤しているわけではなく、リビングにも多くの可愛い人形が飾られているのだった。

「そうですか。今日がお誕生日なら牡牛座ですね」

「そう、永沢さんは？」

「僕は一月の山羊座です」

「まあ、じゃ相性はいいわね」

芳恵が言って向かいに座り、やがてケーキと紅茶をいただきながら、行男も訊かれるまま自分のことを話したのだった。

2

「じゃ、今日で三十になったのですか」

「そうなの。行男君が十八なら、一回りね」

芳恵が言う。

行男は、芳恵が包み隠さず年齢のことを言い、しかも僅かの間に打ち解けて名で呼んでくれるようになったのが嬉しかった。

「それで、お願いしたいことがあるの。前から、イメージにぴったりだと思っていたのだけれど、人形のモデルになってくださらない?」

ケーキを片付け、紅茶を飲み干す頃、芳恵が改まった感じで言った。

「受験勉強とバイトで忙しいかしら。週に一回ほど、ほんの一時間ばかりだけれど」

「え、ええ……、時間はありますが、モデルって……」

「いろんなポーズを取ってもらって、私がスケッチしたり写真に撮るだけ。顔は似せないけれど、どうしても必要なポーズを残しておきたいの。とにかく来て」

芳恵は言って立ち上がり、彼も従って一緒にリビングを出た。

室内の作りを見ると、やはり洗面所やバストイレは行男の部屋と背中合わせになっており、寝室も隣同士だった。

ただ残りの二間は、行男の方はぶち抜きの書庫と書斎になっていたが、こちらは、片方が亭主の書斎。そして残りの部屋が芳恵の仕事部屋になっているようだった。

六畳の洋間に入ると、座卓と、布の入った段ボールの数々、そして完成品や作りかけの人形が夥《おびただ》しく置かれていた。

座卓にしたのは、周囲に端布が置けて作業しやすいからだろう。

人形は、可愛らしくデフォルメされた少年が多く、ピーターパン風や昔話の和風の衣装を着せられ、様々なポーズを取っていた。

座卓の隅にはデッサン用の、四肢の稼働する木人形も置かれていたが、それではポーズに限界があるようだった。

そして芳恵の好む顔立ちや体型が、小柄な行男にどことなく似通っているので、それで彼女は最初から彼に挨拶してきて、いつかモデルの話をしようと思っていたのかも知れない。

あとで聞くと、芳恵は美大を出ているようで、夫もデザイナーらしい。

「可愛い人形ですね」

「そう、ありがとう。今はまだネット販売だけれど、いつかお店が開けたらいいなと思っているの」

芳恵が言う。してみると本名ではなく、何らかの名前で販売用のホームページを持っているのだろう。

「それで、お願いできるかしら。できれば今日これから」

「はい。構いません。僕でお役に立つのでしたら」

行男が言うと、芳恵は心から嬉しそうに笑みを浮かべた。

「わあ、嬉しいわ。どうもありがとう」

抱きしめんばかりに近々と迫って言われると、ふんわりと甘く湿り気ある息の匂いが感じられ、行男はゾクリと股間に震えを走らせてしまった。

「じゃ、ここは散らかっているから向こうの部屋へ」

芳恵が作業場を出て、再びリビングへ戻った。そしてスケッチブックとデジタルカメラを手にして、彼を寝室に招き入れた。

中にはダブルベッドが据えられていたが、もちろん亭主は不在なので、室内に籠もっているのは甘ったるい彼女のフェロモンだけだった。

「じゃ、全部脱いで、ここに寝て」

芳恵は言い、ベッドの上から布団と毛布を取り去って下に置き、枕だけにした。

「ぬ、脱ぐんですか……」

言われて、行男は面食らった。

「そうよ。でないと骨格の様子がよく分からないから」

芳恵が笑みを含んで平然と言った。

美大ではヌードデッサンなど当たり前で、彼女は慣れているのだろう。だから行男も、淡々と脱いだ方がよいのだろう。あまりにモジモジすると、かえって気まずくなってしまいそうだった。

しかし、だからといってスンナリ脱げるものではなかった。

芳恵は急かすこともせず、化粧台の椅子を引き寄せて座り、スケッチブックを開いたりデジカメのスイッチを入れて操作したりしていた。

これ以上ためらっていると、意識しすぎだと思われるだろう。ようやく決心して行男はシャツを脱ぎ、ズボンと靴下を脱ぎ去った。

たちまちトランクス一枚になったが、芳恵も、それでいいとは言わないので、やがて意を決して最後の一枚を脱いで一糸まとわぬ姿になった。辛うじて、激しい羞恥と緊張に勃起は免れていた。

「じゃ、まず横になってね」

芳恵が顔を上げ、表情を変えずに言った。

行男はダブルベッドに上り、ゆっくりと横たわった。枕にもシーツにも、芳恵の甘い匂いがたっぷり染み込み、股間が妖しくなってきてしまった。

「自分で肘枕して、リラックスしたような格好をして。そう、悪戯っ子が遊び疲れて草に寝そべったような感じで」

言われて、行男は彼女の方を向いて自分の腕を枕にした。

「いいわ。じゃしばらくそのままでね」

芳恵はシャッターを切り、何枚かカメラに納めてから、開いたスケッチブックに鉛筆を走らせはじめた。

サラサラと鉛筆の音がし、相当な速描きと分かるが、チラチラと彼女が目を上げてこちらを見るたび、行男の全身に緊張と快感が走った。

「じゃ次は、四つん這いになって、こちらにお尻を向けて」

芳恵が言い、行男はまた大胆な要求に驚きながらも、次第に全身をぼうっとさせながらフラフラと言いなりになった。

「そう、森の妖精が悪戯を見つかって振り向いたような感じ」

芳恵は言いながら、また何回かフラッシュを焚き、スケッチをした。

「次は仰向け。両脚を上げて抱えて。恥ずかしいかも知れないけれど、決して顔は出さないから安心してね」

芳恵が言い、行男は身も心も朦朧《もうろう》となってきた。彼女が要求した格好は、大股開きの股間を丸出しにすることだった。森の妖精がするなら可愛らしいかも知れないが、さすがに行男もムクムクと反応しはじめてしまった。

「ごめんなさいね。少しの間我慢して」

芳恵が言い、何枚かカメラに納めた。

行男は浮かせた両脚を抱え、ペニスも陰嚢《いんのう》も肛門も丸見えにさせながら、彼女がスケッチを終えるのを待った。

あるいは、わざと恥ずかしい格好をさせて、彼女も快感を覚えているのではないか、と頭の片隅で思ったりしたが、あまりの興奮と混乱に確証も持てず、元より乱暴狼藉の出来る性格ではないから、今は言いなりになるばかりだった。

「いいわ、ありがとう。楽にしてね。あと一枚だけだから」

芳恵は言って、カメラを三脚に立ててベッドに向けた。そして何と、彼女自らも、手早くブラウスとスカートを脱ぎはじめたではないか。

（え……？）

行男は呆然としながら、みるみる肌を露出していく美人妻を見つめた。

彼女はためらいなくブラもストッキングもショーツも脱ぎ去り、たちまち一糸まとわぬ姿になってベッドに上ってきた。

「こうして。赤ちゃんに戻ったような気持ちで」

芳恵は囁き、半身起こしたまま彼を胸に抱きすくめた。

行男は密着する温かな肌に緊張しながら、導かれるままオッパイに顔を寄せた。

思っていた通り、彼女は見事な巨乳だった。

「もっとくっついて。甘える感じで」

芳恵は、彼の髪を撫でながら囁いた。きっと母子像のような人形の参考にするのだろう。

しかし行男は激しい興奮に勃起し、胸元や腋から漂う甘ったるい汗の匂いと、上から吐きかけられる白粉のように甘い刺激を含んだ息の匂いに、失神しそうなほど頭をクラクラさせた。

彼女は伸ばしたケーブルの先端にあるシャッターを切って何枚か撮り、さらに彼の鼻先に、色づいた乳首を突きつけてきた。

「そっと含んで……」

消え入りそうな声で囁くので、やはり芳恵も通常の状態ではなく、相当に心を乱しているのだろう。だが、それ以上に心を乱している行男は、夢中になって吸い付いてしまった。

「あう……、じっとしていて……」

芳恵は小さく声を洩らし、柔肌をびくりと強ばらせて言った。

そして懸命に平静を保ちながらシャッターを切り、ようやく作業を終えたようにほっと力を抜いて、ケーブルを床に落とした。

行男も、そっと含んだ乳首を舐めることも出来ないまま口を離した。

「お疲れ様。まあ、こんなになってしまって……」

芳恵は彼を胸に抱きながら、激しく勃起したペニスに目を遣《や》って言った。

「出さないと元に戻らないわね。恋人はいるの？」

「いいえ……、今まで一人も……」

甘く囁かれ、彼は恥ずかしくて芳恵の胸から顔を上げられないまま小さく答えた。

3

「そう、行男君はおとなしいタイプだから、あまり積極的に彼女を作れないのね。オナニーは？」

「毎日二回、たまに三回……」

「まあ、そんなに……」

芳恵が溜息混じりに言い、行男は湿り気ある吐息の匂いに溶けそうなほど、うっとりと陶酔した。

「じゃ、見ててあげるから、ここでしてもいいわ」

耳に口を当てて熱く囁き、そのまま芳恵は彼に腕枕したままベッドに横たわった。

行男はペニスを握り、そっと動かしながら柔肌の温もりに包まれた。

「ね、吸いたい……」

彼が、鼻先にある乳首に迫って言うと、

「いいわ……」

芳恵は答え、自分から含ませてきた。今度はさっきと違って強く吸い付き、舌で転がすように舐め回した。

「ああ……、いい気持ち……」

芳恵もうっとりと喘ぎ、胸元や腋から甘ったるいフェロモンを漂わせた。

行男は激しく高まったが、何しろこんなに素晴らしい状況なのに、自分で抜いてしまうのがもったいなくて、指の動きをセーブしていた。

「アア……、可愛いわ。もうダメ……」

彼女も激しく息を弾ませて言い、行男の口から胸を引き離すと、顔を寄せてピッタリと唇を重ねてきた。

「ク……」

行男は、唐突なファーストキスに息を詰め、美女の唇の柔らかな感触を味わった。

芳恵の息は熱く湿り気があり、白粉か花粉のように甘い刺激を含んで彼の鼻腔を掻き回してきた。

触れ合ったまま口が開かれ、間からヌルリと舌が潜り込み、ノックするように彼の歯並びを舐めた。行男が開くと、長い舌が侵入して彼の口の中を隅々まで舐め回してきた。

行男も恐る恐る触れ合わせると、それはナメクジのようにねっとりとからみつき、生温かな唾液が彼の口に注がれてきた。

「ンン……」

芳恵は熱く鼻を鳴らし、執拗に舌を蠢かせた。

一体どれぐらい長くディープキスを続けていただろう。初体験にしては、あまりに強烈で濃厚だった。ようやく唇が離れたときには、室内の空気がひんやりと感じられたほどだ。

互いの口を淫らに唾液が糸を引いて結び、芳恵は上になって彼の頬にキスをし、耳たぶを噛み、耳の穴にも舌を差し入れてきた。

「ああ……」

仰向けで受け身になった行男は快感に喘ぎ、もちろん暴発するともったいないので、もうペニスから指は離していた。

耳の奥でクチュクチュと舌の蠢く音が聞こえ、唾液のみならず吐息の湿り気も彼の半面を包み込んだ。

そして彼女は首筋を舐め下り、熱い息で肌をくすぐりながら胸へ移動していった。

「く……、感じる……」

行男は思わず呻いた。首筋も胸も、自分でも驚くほど過敏に反応してしまった。

芳恵は乳首をチロチロと舐め、優しく吸い付き、たまにそっと歯を立てて刺激してくれた。

彼は少しもじっとしていられないほど身悶え、彼女は両の乳首を愛撫してから、さらに腹を舐め下りていった。もしやと思って期待すると、思った通り芳恵は真下へと移動し、彼の脚を開かせ、その真ん中に腹這いになって美しい顔をペニスに迫らせてきたのだった。

「大きいわ。男の子の匂い……」

芳恵が、息がかかるほどペニスに口元を寄せて囁いた。

夕べ入浴したきりだが大丈夫だろうか。芳恵が嫌がっている風もないから、とにかく行男はじっと身を投げ出していることしかできなかった。

彼女は、まず震えている彼の内腿にチュッと唇を押し当て、徐々に中心部に迫り、先に緊張と羞恥に縮こまっている陰嚢に舌を這わせてきた。

「ああッ……！」

ゾクリと震えが走るような快感に彼は喘ぎ、ヒクヒクと下腹を波打たせて悶えた。

芳恵は長い舌で袋全体を生温かな唾液にぬめらせ、二つの睾丸《こうがん》を舌で転がし、優しく吸ってくれた。

「く……、い、いきそう……」

陰嚢への刺激だけで、行男は降参するように声を震わせて口走った。

「いいわ、我慢しないで」

すると芳恵が股間から言い、息を弾ませながら、舌先でツツーッとペニスの裏側を舐め上げてきたのだ。これは電撃が走るほどの快感で、行男は声もなく奥歯を嚙みしめ、必死に暴発を堪えるばかりだった。

先端まで来ると、彼女は舌先をチロチロと動かし、尿道口から滲んだ粘液を舐め取り、次第に張りつめた亀頭全体に舌を這わせてきた。熱い息が股間に籠もり、彼は夢のような快感に朦朧となった。

我慢しないでということは、このまま口に出してよいのだろうか。

憧れの口内発射だが、体験できたにしても、まだまだ何年も先のことと思っていたから心の準備が出来ていなかった。それに、出して終わるより、少しでも長く今の快感を味わっていたかった。

しかし芳恵の愛撫は容赦なかった。

亀頭全体をしゃぶると、形よく上品な口を丸く開き、スッポリと喉の奥まで呑み込んできたのだ。

「アア……」

口の中は温かく濡れて、何とも心地よかった。

内部ではクチュクチュと舌が蠢き、柔らかな唇がモグモグと幹を締め付けてくる。熱い鼻息は恥毛をくすぐり、たちまちペニス全体が美人妻の清らかな唾液にどっぷりと浸り込んだ。セミロングの髪も内腿をサヤサヤとくすぐり、その内部に熱い息が籠もった。

そして肉体に感じる刺激以上に、オシッコする器官が美女の清潔な口の中に入っているという状況に激しく燃えた。

いったんくわえてしまうと、芳恵は強烈な愛撫を開始してきた。

顔全体を上下に動かし、唾液に濡れた口でスポスポとリズミカルな摩擦を行なってきたのだ。

しかも先端が喉の奥のヌルッとしたお肉に触れるほど深々と呑み込み、頬をすぼめてチューーッと吸い付いては、スポンと離すような愛撫も繰り返した。

「ああ……、い、いく……！」

もう限界である。少しでも長く快感を味わいたかったが、たちまち行男は大きな絶頂の荒波に巻き込まれてしまった。それは子供が大人に相撲で負けるほど、ひとたまりもないものだった。

行男は身を反らせ、まるで全身が美女の口に含まれているような快感の中で、ありったけの熱いザーメンを、ドクンドクンと勢いよくほとばしらせてしまった。芳恵の喉の奥に出してよいものだろうか、というためらいすら吹き飛ぶほど大きな快感であった。

「ンン……」

芳恵は喉を直撃されながら小さく鼻を鳴らし、落ち着いて大量の噴出を受け止めてくれた。行男は、何度も肛門を引き締めて熱いマグマを先端へ送り出し、激しく脈打たせ続けた。

彼女は舌の表面と口蓋に亀頭を挟みつけて吸うものだから、漏らしてしまったというより吸い出された感が強かった。

だからオナニーの射精快感とは微妙に違い、ドクドクと脈打つリズムが無視され、彼女の意志で吸い取られているようだ。まるでペニスがストローと化し、陰嚢から直に吸い出されている感じである。

それでも惜しまれつつ徐々に快感が下降線をたどり、やがて最後の一滴まで出し切った行男は、グッタリと力を抜いて身を投げ出した。

すると芳恵は、亀頭を含んだまま口に溜まったものを喉に流し込んでいったのだ。ゴクリと音がして嚥下されるたび、口腔がキュッと締まってダメ押しの快感が得られた。

「あうう……」

行男は飲み込まれている感激とともに、射精直後の亀頭を刺激されて過敏に反応した。ようやく彼女が口を離してくれたが、なおもしごくように幹を握り、尿道口から滲んだ余りを丁寧に舐め取った。

彼は呻きながら、クネクネと腰をよじった。

「すごい勢いと量で、味も濃かったわ。お口でするのは、あまり好きじゃなかったのだけれど、無性に若いエキスが欲しくなってしまったの」

芳恵は言い、光沢ある唇を淫らに舌なめずりしながら、再び添い寝してきた。

「さあ、これで落ち着いたでしょう。二回目はゆっくり出来るわね？」

芳恵は優しく腕枕してくれながら囁き、彼の顔に巨乳を押しつけてきた。

落ち着くも何も、行男は萎える暇すらなく、美人妻の胸元や腋から漂う濃厚なフェロモンに、すぐにもムクムクと回復していった。

4

「いいわ。じゃ今度は行男君が好きにして。恥ずかしがらず、何でも積極的にしていいのよ」

芳恵が身を投げ出して、何とも嬉しいことを言ってくれた。

行男は恐る恐る巨乳に手を這わせ、指先で乳首をいじりながら、目の前にある腋の下に顔を埋め込んだ。

腋の窪みは、剃り跡のザラつきも感じられないほどツルツルでジットリ汗ばみ、何とも甘ったるいミルクのような芳香を籠もらせていた。あるいは彼女も、最後の入浴は昨夜ぐらいなのだろう。

「あん……、汗臭いでしょう。嫌じゃないの……？」

芳恵はくすぐったそうに身じろぎながら言い、それでも拒みはせず好きにさせてくれた。行男は舌を這わせ、柔肌をたどって乳首に吸い付き、もう片方も含んで充分に舌で転がした。

「アア……、いい気持ち……」

芳恵がうっとりと言いながら目を閉じ、巨乳をプルプルと震わせて悶えた。

その反応に勇気づけられ、行男はさらに肌を舐め下り、白いおなかに顔を埋め、形よいオヘソにも鼻を押し当てた。スベスベの肌は、うっすらと汗の匂いがし、どこも滑らかだった。

オヘソを舐め、豊満な腰のラインから太腿に下降していくと、芳恵が恥じらうように両膝を掻き合わせた。やはり童貞少年を誘惑しながらも、彼女も相当に緊張しているのだろう。

芳恵が亭主以外とセックスするのは、自分が初めてだといいなと彼は思った。

とにかく、彼はムッチリとした太腿を舐め下りた。

本当は、早く神秘の部分を観察したいのだが、何しろ射精したばかりでほんの少し気持ちに余裕があり、性急に終えるよりも、この際だから隅から隅まで味わうのを優先させたのだった。

「ああ……、どこを舐めるの……」

芳恵も意外だったようで、彼が膝小僧から脛、足首まで舌でたどると声を震わせて言った。

行男はかまわず、彼女の足首を摑んで浮かせ、美女の足裏に顔を埋め込んだ。

何しろ高校時代から、彼は女の子の全ての匂いが知りたくて、つい明日香の上履きをこっそり嗅いでしまったこともあるのだ。

芳恵の足指は形よく揃い、指先には桜色の爪が綺麗にちりばめられていた。

しかし指の股は汗と脂にジットリ湿り、生ぬるく蒸れた芳香がたっぷり籠もっていた。今日も買い物に出たりして、何かと動き回ったのだろう。

爪先にしゃぶり付き、指の間にヌルッと舌を割り込ませると、

「アアッ……！　汚いわ……」

芳恵がビクッと足を引っ込めて喘いだ。

「ダメ……？」

「ダメじゃないけれど、こんなことされたことないから、どうしていいか分からない

の……。でも、してみたいのならかまわないわ……」

彼女は言い、少し力を抜いてくれたので、行男も愛撫を再開させた。

してみると、彼女の独身時代の恋人や、今の亭主などは足の指を舐めないのだろうか。行男にとっては、もし恋人が出来たら必ず舐めようと思っていた場所の一つなのである。

指の股の湿り気はほんのりしょっぱく、彼は全ての指を味わい、もう片方の足も念入りに賞味した。

「ああッ……、くすぐったくて、変な気持ち……」

指の股に舌が割り込むたび、芳恵は熟れ肌を強ばらせて喘いだ。

「ね、こうして……」

行男が言いながら脚を捻ると、芳恵も素直に俯せになってくれた。

彼は、やはり全て味わいたいのに、芳恵の視線が眩しかったから、どうしても気恥ずかしくて思い切った行動が出来なかったのだ。

しかし俯せになってくれると、遠慮なく美人妻の柔肌を見つめることが出来た。

彼は踵からアキレス腱、脹ら脛を舐め上げ、うっすらと汗ばんだ膝の後ろのひかがみに舌を這わせ、白くスベスベの太腿から尻の丸みを這い上がっていった。

まだ谷間はあとの楽しみにして、腰から背中を舐めると、さらに汗の味が濃く感じられた。

「ああ……、気持ちいいわ……、こんなに丁寧で優しくされるの初めて……」

芳恵は、腰も背中も激しく感じるように肌を波打たせ、顔を伏せたままうっとりと言った。

肩まで行くと、セミロングの髪に籠もる甘い匂いを嗅ぎ、背後から首筋を舐め、また背中を這い下りていった。たまに脇腹に寄り道をし、とうとう白く丸いお尻に戻ってきた。

今度は指でムッチリと谷間を広げ、奥でひっそり閉じられたツボミを観察した。

何とも綺麗な薄桃色の襞がキュッとつぼまり、単なる排泄器官がこんなにも美しい必要があるのだろうかと思ったほどだった。

「あん……、ダメよ、そこは……」

芳恵がお尻をくねらせ、顔を伏せて言ったが、行男は鼻を埋め込んでしまった。

顔中に双丘が密着し、鼻が谷間にフィットした。

そしてツボミには淡い汗の匂いに混じって、秘めやかな微香が馥郁《ふくいく》と籠もっているではないか。

当然ながら、このマンションのトイレは洗浄器付きだろうが、どうやら買い物の途中で、彼女は洗浄器のないトイレで用を足したようだった。

行男は嬉々として美人妻の恥ずかしい匂いを貪り、舌先でくすぐるようにツボミを舐め回しはじめた。

「アア……、いけないわ。そんなこと、汚いのに……」

芳恵は腰をよじらせて言ったが、行男は美女のお尻に顔を埋めているのが心地よくて、細かな襞を念入りに舐め回した。そして充分に濡らしてから、舌先を中に潜り込ませてみた。

「あう……」

芳恵が息を詰め、同時に肛門もキュッと引き締めたが、舌は確実にヌルッとした内壁の粘膜に触れた。そこは微かに甘苦いような微妙な味覚があり、もっと深くまで入ってゆけないのがもどかしい思いで舌を押し込んだ。

「ああ……、ダメ、変な感じ……」

彼女は喘ぎながら、潜り込んだ彼の舌先をキュッキュッと肛門で締め付けた。

やがて舌が疲れるまで蠢かせてから、ようやく引き抜いて顔を離すと、芳恵もほっとしたように寝返りを打ってきた。

行男は、彼女の股間を観察するのに、一つの提案を思いついた。

「ね、さっき僕にさせたように、両脚を浮かせて抱えて見せて」

「え……！　そんな、恥ずかしいわ……」

彼が言うと、芳恵はすっかり上気した顔で、息を弾ませて答えた。

「だって、僕もしたんだから」

「そうね……、でも、出来るかしら。恥ずかしくて、どうかなってしまいそう……」

芳恵は言いながら、仰向けになってノロノロと両脚を浮かせていった。

行男は目を凝らし、美女の最も恥ずかしい格好を見守った。

「アア……」

ようやく彼女は両脚を上げ、両手で抱え込んだ。

「もっと開いて」

「え、ええ……、私もさせたのだから、仕方ないわね……、こう……？」

芳恵は息も絶え絶えになりながら大股開きになり、ワレメから肛門まで丸出しにしてくれた。

行男は腹這いになって彼女の股間に迫り、艶めかしい光景にゴクリと生唾を飲み込んだ。顔を寄せるだけで、芳恵のワレメから発する熱気と湿り気が感じられ、悩ましい匂いに身も心もぼうっとなってしまった。

ふんわりした茂みが、黒々とした艶《つや》を持って股間の丘に煙り、ワレメが丸みを帯びて、はみ出した花びらがぬめぬめと妖しく潤っていた。しかも大股開きなので、さらに陰唇の奥の柔肉が覗き、細かな襞に囲まれた膣口が息づいていた。そして包皮を押し上げるように、真珠色の光沢を放つクリトリスも、小さな亀頭の形をしてツンと突き立っているのが見えた。

もちろん女性器をナマで見るのは初めてだ。

今までは、友人から回ってきた裏ＤＶＤだけで、しかもカラミばかりだからアップでじっくり見たことなどなかったのである。

「ああ……、見ているの……」

芳恵が、浮かせた脚をガクガク震わせて言った。

「ええ、中の方ももっとよく見ていい？」

「いいわ、好きなようにして……」

言われて、行男はそっと指を当てて、さらに陰唇を左右に広げてみた。

「アア……」

触れられて芳恵が喘ぎ、恥じらうように膣口を収縮させた。

花弁状に入り組む襞には、うっすらと白っぽい粘液もまつわりつき、少し上にあるポツンとした尿道口も確認できた。

それにしても妖しく美しい眺めだ。行男はじっくりと瞼に焼き付けてから、悩ましい匂いに誘われるように顔を押しつけていった。

5

「ああッ……！　き、気持ちいい……」

舌を這わせると、芳恵が声を上ずらせて喘いだ。そして脚を抱えていられずに下ろし、内腿でムッチリと行男の顔を挟みつけてきた。

彼は柔らかな茂みに鼻をこすりつけ、隅々に籠もったフェロモンで胸を満たした。腋の下でも感じられた甘ったるい汗の匂いと、それにほんのり刺激を含んだ残尿臭が馥郁と鼻腔を掻き回し、さらに大量の愛液による、うっすらと生臭い成分も入り交じっていた。

舌を這わせはじめ、陰唇から徐々に内部に差し入れていくと、ぬるりとした柔肉に触れた。

潤いは淡い酸味を含み、膣口の襞が舌先に心地よかった。しかし肛門と同じく、自分の舌の長さに限界があるのがもどかしかった。

とにかくヌメリを舐め取りながら、舌先でクリトリスまでたどっていくと、

「アア……、そこ……！」

芳恵がビクッと顔をのけぞらせ、股間を突き出すようにして口走った。

やはりクリトリスが最も感じるのだろう。行男は舌先でチロチロとクリトリスを舐め、たまに新たに溢れた蜜をすすった。

そして指を膣口に当て、そっと押し込んでみた。

熱く濡れた柔肉は、滑らかに指を呑み込み、内側には細かな襞も感じられた。

ここにペニスを入れたら、どれだけ気持ち良いのだろう。そう思わせるほど温かな膣内は快適そうだった。

行男が執拗にクリトリスを舐め、指を出し入れさせるように動かしていると、いつしか芳恵がガクガクと腰を跳ね上げ、何度も硬直して反り返りはじめた。

「あうう……、ダ、ダメ……、いっちゃう……、ああーッ……！」

彼女は声を上ずらせて口走るなり、さらに狂おしく身をよじり、ヒクヒクと激しい痙攣を開始した。

どうやら、何も知らない行男の舌と指による愛撫でオルガスムスに達してしまったようだ。それだけ彼女も欲望が溜まっており、しかもここのところ全然セックスをしていないというのが行男にも分かるようだった。

では離れて暮らす亭主以外に、彼氏などはいないのだろう。

だから若い童貞の行男を誘惑したものの、翻弄する前に自らが絶頂に達してしまったに違いなく、それが彼には嬉しかった。

芳恵が無反応になり、グッタリしたので、彼も舌を引っ込めて顔を上げ、膣に潜り込ませていた指を引き抜いた。愛液は攪拌《かくはん》され、ザーメンのような、あるいはヨーグルトのような感じに白濁して粘つき、指の腹は湯上がりのようにふやけてシワになっていた。

行男は、もう待ちきれないほど勃起し、そのまま股間を進めていった。

もし彼女から挿入を求められたら、気負いと焦りで失敗してしまうかも知れない。しかし今は彼女が放心状態だ。それに舌での絶頂と挿入の快感は別物だと、アダルト雑誌で読んだことがあった。

とにかく試したくて、行男は先端を愛液にまみれたワレメに押しつけ、ヌメリをまつわりつかせながら位置を探った。

てくれた。

芳恵は荒い呼吸を繰り返し、グッタリしながらも入りやすいよう僅かに腰を浮かせてくれた。

すると、こするように柔肉に押しつけていたペニスが、いきなり落とし穴にはまったようにヌルリと膣口に潜り込んでいった。

「あう……」

芳恵が呻き、行男も心地よさに息を呑みながら、ヌルヌルッと根元まで押し込んでいった。

内部の肉襞の摩擦が何とも言えない快感で、深々と吸い込まれると互いの股間が密着し、熱く濡れた柔肉がキュッと心地よくペニスを締め付けてきた。

膣内は、口や瞼のように上下に締まるというのが新鮮な発見だった。どうしても陰唇を左右に広げるので、穴の奥も左右に締まるのかと漠然と思っていたが、それは違っていた。

膣内の収縮が、若いペニスを味わうように活発になり、柔肉も迫り出すように蠢いて、ややもすればツルッと押し出されそうになってしまう。それをグッと堪えて、彼は芳恵の温もりと感触を味わった。

「アア……、またいきそう……」

芳恵がうっとりとした眼差しで彼を見上げ、誘うように両手を伸ばしてきた。

行男も、抜けないよう股間を押しつけながら、そろそろと両脚を伸ばして身を重ね、肌を密着させていった。彼女も下から両手でしがみつき、たった今の絶頂などなかったかのようにズンズンと股間を突き上げてきた。

「ああッ……、いい気持ち……、突いて、強く奥まで……」

芳恵が熱く甘い息でせがみ、行男もぎこちなく腰を前後に動かしはじめた。

しかし互いの動きが一致せず、そのうえ彼女の興奮の高まりとともに締め付けも増すから、いくらも動かないうちヌルッと抜け落ちてしまった。

「あん……、いいわ、じゃ下になって」

すっかり息を吹き返した芳恵が身を起こして言うと、行男も上下入れ替わって仰向けになった。

美女の温もりと湿り気を宿したシーツに身を横たえると、芳恵は再び彼の股間に屈み込んでペニスを含み、唾液でメメリを補充してくれた。そして軽くヌルリと舐め回しただけでチュパッと口を離し、身を起こして跨《またが》ってきた。

唾液に濡れた幹に指を添え、芳恵は先端を膣口にあてがい、ゆっくりと腰を沈み込ませた。

「あ……、いい……」

たちまち屹立した肉棒は滑らかに呑み込まれてゆき、芳恵は目を閉じてうっとりと喘いだ。根元まで深々と受け入れると、彼女は完全に座り込んで股間を密着させ、何度かグリグリと腰を動かしてから身を重ねてきた。

行男が両手を回してしがみつくと、芳恵も彼の肩に腕を回し、ピッタリと肌全体で覆い被さってきた。巨乳が押しつぶされ、心地よく弾んだ。

「いい？　じっとしていてね」

芳恵が囁くと、やがてゆるやかに腰を動かしてきた。

確かに、双方で動くとリズムが合わず、また抜けてしまうかも知れない。

行男は美女に身を任せ、重みと温もりの中で激しく高まっていった。溢れる愛液が陰嚢をぬめらせ、内腿までねっとりと流れてきた。

そして動きながら、芳恵は彼の頬や額にキスの雨を降らせ、甘い息と甘酸っぱい唾液の匂いで優しく包み込んでくれた。さらに鼻の穴もヌラヌラと舐めてくれ、彼が求めるとピッタリと唇を重ねてくれた。

腰を動かしながら舌をからめ、行男は甘い吐息の匂いと生温かな唾液のヌメリに激しく高まっていった。

「い、いっちゃう……」

「待って、もう少し……」

行男が口走ると、芳恵は息を詰めて絶頂の波を待ちながら腰の動きを速めてしまった。律動のたびに互いの股間からクチュクチュと淫らに湿った音が響き、もう彼はたまらずに昇りつめた。

「ああッ……！」

いくら我慢しても仕切れず、行男は声を洩らしながら自ら股間を突き上げ、何とも心地よい摩擦の中で、ありったけの熱いザーメンをドクンドクンとほとばしらせてしまった。

「あうう……、熱いわ。いく……、アアーッ……！」

芳恵も、内部に彼の勢いの良い噴出を感じると同時に、オルガスムスのスイッチが入ったようだ。声を上げながらガクガクと狂おしい痙攣を開始し、膣内を締め付け続けた。

何という快感だろう。口内発射も溶けてしまいそうに気持ちよかったが、こうして男女が一体となり、ともに分かち合う絶頂快感こそが本当のセックスの悦びなのだと実感した。

行男は心おきなく最後の一滴まで出し尽くし、徐々に動きを弱めながら、童貞を捨てた感激を噛みしめた。

「アア……」

芳恵も満足げに声を洩らし、全身の強ばりを解きながらグッタリと彼に体重を預けてきた。膣内の収縮はまだ続き、射精直後のペニスが刺激された。彼が過敏に反応して、応えるようにピクンと幹を脈打たせると、

「あん……」

彼女はダメ押しの快感を得たように声を上げて、さらにキュッと強く締め付けてきた。行男は彼女の重みと温もりを受け止め、熱く甘い息を間近に嗅ぎながら、うっとりと快感の余韻に浸り込んでいった。

「ああ……、とうとうしてしまったわ。越してきて最初に見たときから、可愛くて仕方がなかったの……」

芳恵は、まだ重なったまま荒い息遣いとともに囁き、何度となく彼の唇や頬にキスをしてくれた。

「それなら、もっと早く言ってくれればよかったのに……」

「そうね……。でも、将来のある坊やに、いけないと思って……」

彼の言葉に、芳恵は答えた。相当に迷いながらも、欲望を沸々とたぎらせていたようで、行男は限りない幸福感に包まれた。

やはり男女には、そうなるべき旬というか、縁の波があるのだろう。その一致した日が今日だったのだ。

行男は初体験の悦びを噛みしめ、心地よい疲労感の中で、このまま眠りに就きたいほどの安らぎを得たのだった。

第二章　同級生

1

「ごめんね、永沢君。せっかく久しぶりに会えたんだけど、何となく風邪気味で」

森明日香が言った。確かに表情が熱っぽい感じで、声にも動きにも力が入らないようだった。

都内の喫茶店である。明日香は女子大の国文科に入り、高校の国語教師を目指すようだった。ストレートの黒髪が長く、メガネが知的な印象で、実際に高校時代は文芸部長と図書委員をやっていたのだ。

そう、高校時代に最も多く、行男が妄想でお世話になったメガネ美少女である。

同じ十八歳でも明日香は魚座なので、学年では最後の方に誕生日を迎える。

行男は昨日、明日香にメールをして、何とか今日会う約束を取り付けたのだ。やはり芳恵との初体験で自信がつき、それで積極的にデートを申し込むことが出来たのである。

もちろん彼女の方は、まだ上京して間もないので友人も少なく、単に懐かしい同窓生に会うつもりで来たのだろう。

しかし明日香は体調がよくないようで、紅茶も少し口を付けただけだった。

「そう、じゃ送るよ。今日はこれで帰った方がいい」

行男も、残念だがこうして顔が見られただけでもいいと思った。また近々会えるだろう。

レジで支払いをすませ、彼は明日香と一緒に喫茶店を出た。

「タクシーで送ろう」

「そんな、もったいないわ。一人で大丈夫」

「バイト料が入ったんだ。それに熱っぽいから一人じゃ心配だし、話では駅からだいぶ歩くっていうじゃないか」

行男は言い、すぐに目の前を通った空車を停め、一緒に乗り込んだ。

確かに、財布は暖かかった。何しろ芳恵に、人形のモデル料で一万円もらってしまったのだ。

「そんなにいただけません……」

「いいのよ。受け取ってもらえないと、これから誘いにくくなるから」

行男は、芳恵とのやり取りを思い出した。

そして、また誘ってもらうために彼は受け取ったのである。何やら自分の肉体が美女に買われたようで、密かな興奮を得た。

モデル料はともかく、童貞の値段が一万円で高いのか安いのか分からない。しかし金を払ってでも初体験したかったのだから、これは恵まれているのだろう。

やがてタクシーが走り出し、明日香は行き先を告げると目を閉じてしまった。

上京して初めて乗るタクシーだ。都心のビル街を抜け、住宅街を通過し、ものの二十分ほどで明日香の住むハイツに着いた。

確かに、最寄り駅から十分以上歩く距離のようだ。閑静な住宅街だが、少し歩けば本屋やコンビニもある。

金を払い、行男はフラつく明日香を支えながらタクシーを降り、案内されるままハイツに入った。彼女の部屋は、一階の右端だ。

明日香が鍵を出してドアを開け、行男は支えながら中に入った。

すぐに清潔そうなキッチンがあり、奥に八畳ほどの洋間のあるワンルームタイプだった。整頓され、室内には生ぬるく甘ったるい、思春期のフェロモンが馥郁と籠もっていた。

奥の窓際にベッド。手前に学習机と本棚。そしてテレビやテーブルが機能的に配置されていた。まだ入居して二カ月足らずなので、それほど生活の不要物はなく、すっきりした印象である。

上がり込むと、明日香は力尽きたように窓際にあるベッドに座り込んだ。

「ごめんよ。具合が悪ければ断わってくれればよかったのに」

「ううん、今日は講義に出なければならなかったし、その帰りだから」

「薬は？」

「買い置きがあるわ。ママが持たせてくれたの」

「そう、でも少し食事してからの方がいいね」

「大丈夫だから、永沢君帰っていいわ」

明日香が力なく座ったまま言い、メガネを外して枕元に置き、ようやく上着だけ脱いだ。

「うん……、でも心配だな」

「悪いけれど、タオルを持ってきてくれる？　洗面所に」

言われて、行男はすぐに立って洗面所に行った。手前がトイレで、奥がバスルームだ。洗面所には洗濯機があり、念のため見てみたが、残念ながら空だった。

掛かっていたタオルを手に戻ると、明日香は横になって薄掛けにくるまっていた。床にスカートとブラウスがあるので、自分で手早く脱いでしまったのだろう。

行男はタオルで、汗ばんだ額や首筋を拭ってやった。

「ありがとう……」

明日香は小さく言ったが、もう微熱で朦朧としているようだった。

「じゃ、少し眠るといいよ。勝手に何か作ってもいい？」

「うん……」

明日香は返事をしたが、それはもう無意識のようだった。

行男は彼女が寝入ってしまうと肩の力を抜き、そっと玄関まで行ってドアを内側からロックした。

午後四時。今日もスーパーのバイトは休みだから、たとえ泊まり込んでも大丈夫だ。

冷蔵庫を開けると、シチューの残りが鍋ごと入っていて、冷凍庫には小分けされたご飯も保存されていた。他に食パンもある。

これなら夕食と、明日の朝食は間に合うだろう。

行男はベッドに戻り、窓のカーテンを閉め、床に置かれたスカートとブラウスを椅子にかけてやった。思わずブラウスの腋に顔を埋めると、そこはまだ生温かく湿り、ミルクのように甘ったるい汗の匂いが染み込んでいた。

多少蒸し暑いのと、発熱により明日香の額や首筋はすぐに汗ばんでくる。

タオルで拭いても、彼女は寝入りばなで正体を失くしていた。

（やっぱり、脱がせて拭いた方がいいな……）

欲望と思いやりが七三の割合で、行男は彼女の汗ばんだ下着を脱がせてやることにした。

薄掛けをめくると、さらに甘ったるい匂いが悩ましく立ち上った。

明日香はブラとショーツ、ソックスだけを着けて横向きになっていた。

行男は激しく胸を高鳴らせながらも、まずは脱がせやすいソックスから抜き取っていった。

形よい素足が現われ、指先には綺麗な桜色の爪がちりばめられていた。

彼はソックスを嗅いでから、生身の足にも鼻を押しつけて汗と脂の湿り気を吸収した。思春期は新陳代謝も活発なのか、芳恵より匂いが濃くて嬉しく、その刺激が激しくペニスに伝わってきた。

もちろんしゃぶりつくのは後回しにし、介抱を先にしなければならない。急に目を覚まされても、看護で通用するだろう。

彼女が横向きのため、ブラの背中ホックを簡単に外すことが出来た。そして肩紐をゆるめてから、さらに汗に湿ったショーツも、まずは後ろ側から引き下ろしてお尻を丸出しにしていった。お尻の丸みさえ通しておけば、仰向けにしてから引き脱がせやすいだろう。

それにしても、大きな水蜜桃のように可愛らしいお尻だ。肌も赤ん坊のようにスベスベで柔らかく、透けるように色白だった。

とにかく彼はタオルで、明日香の背中から腰まで拭いてやり、起こさないようゆっくりと仰向けにしていった。

「う……、んん……」

彼女は小さく呻きながらも寝返りを打ち、仰向けになった。

ゆるんでいたブラを外すと、張りのあるオッパイが露わになった。それほど大きくないが、ツンと上向き加減で形よく、乳首も乳輪も実に綺麗な薄桃色をし、特に乳輪は光沢があるほど張りつめていた。

そして最後の一枚に手をかけ、ゆっくりと引き脱がせていった。これも、すでにお尻を通過しているので、比較的スムーズに下ろし、両足首からスッポリと引き抜くことが出来た。

思わず行男は、脱がせたてのショーツを裏返して観察してしまった。

無地のそれはしっとりと汗に湿り、彼女の体温を残していた。股間の当たる部分は微かにレモン色のシミが認められ、鼻を埋めると濃厚な汗とオシッコの匂いが感じられた。

高校時代、憧れ続け妄想に明け暮れていた明日香は、このような匂いをさせていたのだ。行男は感激に胸を弾ませ、痛いほどペニスを突っ張らせた。

やがて、ブラとショーツとソックスは、あとで洗濯機に入れておけばよいと思ってまとめて置き、彼は一糸まとわぬ姿になった美少女の身体をそっと拭いてやった。

首筋から胸元、腹から太腿まで拭き、顔を寄せて腋に顔を埋めると、胸の奥が溶けてしまいそうに甘ったるい汗の匂いが馥郁と籠もっていた。

さらに、熱い呼吸を繰り返している唇に迫った。

唇は、ぷっくりとしたサクランボのようで、半開きになって白く滑らかな歯並びが覗いていた。

鼻を押し当てると、柔らかな感触と弾力が伝わってきた。

唇の内側は乾いた唾液の匂いがし、さらに熱く湿り気ある息が彼の鼻腔を満たしてきた。それはイチゴかリンゴのように甘酸っぱい芳香で、彼は美少女の息の匂いだけで暴発しそうに高まってしまった。

そしてとうとう彼は我慢できず、唇を重ねて舌を潜り込ませ、綺麗な歯並びとピンク色の歯茎まで舐め回しはじめた。

2

おそらく、これが明日香のファーストキスだろう。いや、彼女が自覚していなければ、ノーカウントかも知れない。

高校時代、彼女に男子との噂は一切なかった。それは同じクラスで、しかも同じ文芸部で年中一緒にいた行男が一番よく知っている。

やはり美少女とはいえ明日香はメガネっ子で、真面目で堅い印象があるから、アイドル系の人気ではなく、最も身近にいる行男のような文化系の男が、その魅力を愛でるタイプだったのだ。

無垢な味と匂いは、芳恵のような人妻とはまた違った感動を与えてくれた。

彼女は熱に浮かされて眠っているので、歯が開くことはなく、行男も舌先を左右に動かし、歯並びをたどるだけだった。

やがて口を離し、甘い汗の匂いの漂う首筋にもキスしてから、清らかな色合いの乳首に迫った。そっと含み、舌で転がすように舐めてみた。

明日香の反応はない。

起こしてもいけないので、さらに行男は彼女の腕を差し上げ、ジットリ汗ばんだ腋の下に顔を埋め込んだ。もともと体毛が薄いのか、手入れされているのか、腋はツルツルだった。

生温かな汗の匂いは、胸の奥が切なくなるほど甘ったるく、いつまでも嗅いでいたい芳香だった。

そして柔肌を下降して中心部に戻り、愛らしい縦長のオヘソにも鼻を埋めた。汗の匂いは淡く、張りつめた下腹の弾力が何とも艶めかしかった。

さらに太腿から丸い膝小僧をそっと舌でたどり、爪先に鼻を押しつけた。

指の股の生ぬるい湿り気を嗅ぎ、とうとうしゃぶりついて指の間に舌を割り込ませていった。

まだ明日香の寝息は乱れず、肌の反応もなかった。

行男は彼女の足首を持ち、そろそろと左右全開に脚を広げていった。その間に腹這いになって顔を進め、美少女の股間に鼻先を迫らせた。

ぷっくりした恥丘に若草がふんわりと煙り、ワレメはさすがに芳恵よりも幼く、縦線から僅かにピンクの花びらがはみ出しているだけだった。

そっと指を当てて左右に開くと、張りのある小ぶりの陰唇の内部に、ほんのり湿り気ある柔肉が覗いた。

まるで成熟しきらない果実を割って、果肉を覗いているような感じだ。

膣口は細かな襞に囲まれ、ポツンとした尿道口と、包皮の下から顔を覗かせる小粒のクリトリスも確認できた。

清らかな眺めにうっとりし、行男は吸い寄せられるように明日香の中心部に顔を埋め込んでしまった。

柔らかな若草の隅々には、やはり汗と残尿が染みつき、やはり芳恵よりも幼く赤ん坊のような匂いに感じられた。舌を這わせると、ワレメの表面は淡い汗かオシッコの味わいがあった。

中に差し入れ、膣口の襞をクチュクチュと掻き回すように舐め、ゆっくりとクリト

リスまで舐め上げていくと、

「あん……」

眠りながらも感じたように明日香が小さく声を洩らし、内腿をビクリと震わせた。

彼は舌を引っ込め、彼女の寝息が平静に戻るのを待ち、静かになるとまた再び舌を這わせた。

「ああ……」

クリトリスを優しく舐め回すと、明日香の呼吸が荒くなり、声も間断なく洩れるようになってきた。下腹もヒクヒクと波打ち、そして舌の動きが滑らかになるほど、愛液が溢れはじめてきたのだ。

やはりそれは、ネットリとして淡い酸味を含んでいた。

「く……」

やがて明日香は、目は覚まさないまでも、違和感に寝返りを打ってしまったようだった。

行男は脚を潜り抜け、彼女のお尻の方に移動した。明日香は身体を丸めているのでちょうどお尻を突き出す格好になっている。

指で双丘を開き、キュッとつぼまっている可愛いお尻の穴に鼻を埋めると、残念ながら淡い汗の匂いしか感じられなかった。

舌を這わせると、細かな襞が可憐な収縮をした。行男は浅く潜り込ませ、内部のヌルッとした粘膜も味わった。

「アア……」

また明日香は喘ぎ、お尻を庇うように、再び仰向けになってきた。

行男もまた脚をくぐって股間に顔を埋め、僅かの間に増えている蜜をすすり、クリトリスを舐め回した。

「ああッ……！　何してるの、永沢君……！」

とうとう明日香が目を覚まし、ビクリと身を強ばらせて言った。朦朧とした感じではなく、完全に頭がはっきりして咎《とが》めるような口調である。

「ご、ごめんよ。汗をかいていたから拭いていたけど、あんまり可愛いから、つい」

行男は股間から答え、なおもチロチロとクリトリスを舐め続けた。以前の自分なら大変なことだが、芳恵により初体験をすませているから、だいぶ図々しくなり、大胆な行動が取れるようになっていた。

「ダ、ダメよ……、ああン……！」

明日香は顔をのけぞらせて喘ぎ、逆に離すまいとするようにキュッときつく内腿で彼の顔を締め付けてきた。

これが通常の状態で迫ったら、拒まれて終わりだっただろうが、すでに全裸になって最も恥ずかしい部分を舐められてしまっているのだ。しかも微熱で思考も朦朧として、力も入らないときだったから、なし崩し的に快感が最優先になってしまったようだった。

たっぷり濡れていることで、彼女の肉体が嫌がっておらず、充分すぎるほど感じていることは分かった。

十八ともなれば、いかに処女でもオナニーの快感ぐらいは知っているだろう。まして自分の指ではなく、他人の舌ならもっと感じて、羞恥快感もプラスされて気持ちいいに決まっている。

「いやよ、恥ずかしいから止めて……、ああッ……！」

明日香は激しく腰をくねらせて喘ぎ、声も咎めるものから甘ったるく粘つくようなトーンに変わっていった。

行男はもがく腰を抱え込み、執拗に舌先をクリトリスに集中させては、新たに溢れた愛液をすすった。すると彼女は弓なりに身を反らせ、とうとうガクガクと狂おしい痙攣を開始してしまった。

「き、気持ちいい……、アアーッ……！」

明日香は口走るなり、激しく硬直してのけぞり、あとは声もなくヒクヒクと肌を震わせるばかりとなった。どうやら、クリトリスの刺激で絶頂に達してしまったようだった。

やがて彼女がグッタリとなって無反応になると、ようやく行男も股間から這い出して、自分も手早くシャツとズボン、靴下と下着を脱ぎ去り、全裸になって彼女に添い寝していった。

こうなったら言葉など不要で、密着すれば何とかなるだろうと思った。

彼は腕枕してやり、肌をくっつけ合って薄掛けを掛けた。

明日香は荒い呼吸を繰り返し、何が起きたか分からないように身を震わせ、ただじっと彼にしがみついていた。

「ごめんよ。もう何もしないから、また眠るといいよ」

行男は囁いたが、ほんのり乳臭い髪の匂いと密着する柔肌の温もりに興奮が治まらず、思わず勃起したペニスを彼女に押しつけてしまった。

「もう眠れないわ……」

明日香が、小さく答えた。

「頭痛とか、気持ち悪いとかは?」

「大丈夫……、頭と身体がぼうっとしているだけ……」

咳も鼻水も出ないようで、ましてオルガスムスに達したあとなので、むしろ微熱の不快感を吹き飛ばしたような感じかも知れない。

「さっき、気持ちよかった? どんな感じ?」

「言わないで。恥ずかしいから……」

明日香が、なじるように彼を見上げてきた。メガネを外した表情は滅多に見たことがないので、実に新鮮で、何やら見知らぬ美少女を抱いているような気持ちになってしまった。

行男は思わず顔を寄せ、ピッタリと唇を重ねてしまった。

「ンン……」

明日香が驚いたように小さく声を洩らし、熱く甘酸っぱい匂いの息を弾ませた。

それでも拒むことなく、すぐに長い睫毛を伏せ、力を抜いてくれた。

行男は美少女の唇の感触と匂いを味わい、そろそろと舌を差し入れ、また滑らかな歯並びを舐めた。

するど今度は彼女も歯を開き、彼の侵入を受け入れてくれた。

明日香の口の中は、さらにかぐわしい果実臭が濃厚に満ち、温かく清らかな唾液に濡れていた。

行男は口の中を舐め回し、舌をからめて美少女の唾液をすすった。

彼女も強烈なオルガスムスの余韻や、微熱による脱力感というばかりでなく、おそらく前から行男に好意は感じていたのだろう。一向に拒む様子はなく、むしろ自分からもチロチロと舌を蠢かせてきたので、彼は大きな感激と悦びで胸をいっぱいにしながら執拗にディープキスを続けた。

3

「あん……、当たるわ。さっきから……」

ようやく唇を離すと、明日香が下腹に密着した異物から腰を引いて言った。

行男は彼女の手を握り、そっと股間に導いた。

すると明日香も、薄掛けの中でそっと探るように指を動かし、やんわりと握ってくれた。

「硬いわ……。温かくて、気持ち悪い……」

「もっと強くいじって……」

行男は、ほんのり汗ばんだ明日香の手のひらで、ヒクヒクと幹を脈打たせながら言った。

「こう……？　気持ちいいの……？」

明日香も好奇心が湧いたように、無邪気にニギニギと動かしてくれ、彼は激しく喘いだ。

「ああ……、すごくいい……」

「見てもいい？」

「ダメだよ。恥ずかしいから」

「ずるいわ。私だって見られたのに……」

行男が言うと、まんまと思惑通りに彼女が身を起こし、薄掛けを剝ぎ取った。

もう具合の悪さなど、一眠りして快感を得ると吹き飛んだように、熱い好奇の眼差しを彼のペニスに注いできた。

「変な形……」

明日香は幹を握りながら言い、張りつめた亀頭や陰嚢にも恐る恐る指を這わせてきた。彼女も行男と同じく一人っ子だから、当然ながらペニスを目にしたのは初めてに違いなかった。

「こんな大きなものが、入るの……？」

「うん、さっきみたいに気持ちよくなると女の子のアソコも濡れるからね」

「ダメ、言わないで……。どうしてあんなところ舐めたの……」

明日香が、激しい羞恥を甦らせて言った。

「だって、あんまり可愛かったから」

言いながら股間を突き上げると、明日香も察したように、少々ためらいがちに屈み込んできた。長い髪がサラリと下腹や内腿にかかって股間を覆い、その内部に熱い息が籠もった。

先端にそっと唇が触れ、チロリと舌が伸びて尿道口から滲む粘液が舐め取られた。別に不味くはなかったのだろう。さらに彼女はチロチロと亀頭を舐め回し、浅く含んでくれた。

「ああ……！」

行男が喘ぐと、彼女の舌の動きが活発になった。やはり感じていることをアピールすると、愛撫する方も嬉しくてサービスしてくれるのだろう。それは、彼も同じだからよく分かった。

熱い鼻息が恥毛をくすぐり、清らかな唇が幹を丸く締め付けた。内部は舌鼓を打つようにキュッと締まり、舌がクチュクチュと蠢いた。たちまちペニス全体は美少女の温かな唾液に心地よくまみれた。

彼が股間を突き上げると、先端が喉の奥に触れ、唾液の分泌が促された。

「ンン……」

明日香も、苦しそうにしながらも執拗におしゃぶりを続け、口を離さないでいてくれた。

「で、出そう……」

たちまち高まり、行男は小刻みに腰を上下させながら言った。

すると彼女は愛撫を止めず、突き上げに合わせて顔を動かし、温かく濡れた口でスポスポと強烈な摩擦を開始してくれたのだ。

誰に教わったわけでもなく、彼が悦ぶことを無意識にしてくれているのだろう。

もちろん愛撫はぎこちなく、たまに歯が触れることもあるが、かえってそれが新鮮な快感をもたらしてくれた。

そして彼女も、男が快感とともにザーメンを噴出させるぐらいの知識はあり、今は口に受けてもかまわない気になっているのかもしれない。

たちまち彼は、溶けてしまいそうな快感の波に押し流されてしまった。

「い、いく……、アアッ……！」

行男は口走り、無垢な美少女の口の中に激しい勢いで射精してしまった。いけないと思いつつ、それ以上の快感に負け、熱いザーメンはドクドクと彼女の喉の奥を直撃した。

「ク……！」

明日香は噴出を受けて呻いたが、なおも口を離さずに受け止めてくれた。

彼は何度も肛門を引き締めてドクンと脈打たせ、心おきなく最後の一滴まで搾り出してしまった。

やはり芳恵に吸い出されるのと、自分から美少女の口を汚してしまうのは違った感覚だった。どちらも快感には違いないが、今はいけないことをしたという思いがプラスされていた。

しかし明日香は亀頭を含んだまま頬をすぼめ、口に溜まったものをゴクリと飲み込んでくれた。口の中が締まり、ダメ押しの快感に包まれて、彼は腰をよじって余りを滲ませた。

やがて彼女は全て飲み干し、ようやく口を離した。

なおも尿道口から出る白濁したシズクを舐め取り、大仕事を終えたように溜息をついて再び添い寝してきた。

「ありがとう、飲んでくれて……。不味くなかった？」

「ええ……、少し生臭いけれど、大丈夫……。気持ちよかった？」

「うん、すごくよかったし、嬉しかった」

行男は腕枕し、彼女の甘い髪に顔を埋めながら、うっとりと余韻に浸り込んだ。

そして呼吸を整えるうち、すっかり明日香も目が冴えたようで、二人でベッドから下りた。

彼女も、オルガスムスを得てザーメンを飲んだせいでもないだろうが、寝る前とはうって変わって表情にも生気が戻ってきていた。

彼女は洗濯済みの下着とTシャツを着て、脱いだものや使ったタオルを洗濯機に入れに行った。

行男も下着とシャツだけ着け、キッチンで夕食の仕度をした。もう外は日が落ちて暗くなっているが、まだまだ彼は性欲が治まらなかった。

うまくすれば、夕食後に明日香の処女が頂けるかも知れないと期待すると、仕度をしながらもムクムクと激しく勃起してきてしまった。

冷凍パックされたご飯をレンジで温め、鍋のシチューをコンロの火に掛けた。

明日香は風呂に湯を張って戻り、引き出しから体温計を出して計った。

「お風呂、入っても大丈夫」

「ええ、出たらすぐ寝るから。明日は講義で休めないの。身体も軽くなってきたから大丈夫。七度を切っているわ」

彼女は体温計を見て言い、仕度を手伝った。

やがて皿にご飯をよそってシチューを掛け、二人で夕食をすませた。明日香も少量だったがしっかり腹に入れ、食後に風邪薬を飲んだ。

とにかく彼女を横にさせ、行男は洗い物をした。

「どうする？　お風呂が沸いたようだけれど」

「ええ……」

「一緒に入ろうか。洗ってあげる」

少し休憩してから行男が言うと、明日香も小さく頷いた。

二人は再び全裸になり、一緒にバスルームへと行った。

これでフェロモンが消えてしまうけれど仕方がないし、さっきは充分に嗅いで味わったのだ。

洗い場は狭いが、肌がくっつくのがかえって嬉しかった。

「ね、お湯で流す前に、もう一度だけ……」

「なに……」

行男がせがむと、明日香は明るいバスルーム内でビクリと立ちすくんだ。

「少しでいいから、こうして……」

彼は激しく勃起しながら座り、目の前に彼女を立たせた。そして目の前にある腰を抱え、淡い茂みに鼻を埋め込んだ。

「あん……、ダメよ、早く洗いたいのに……」

明日香は文字通り尻込みしたが、彼が真下のワレメに舌を這わせると、

「アアッ……」

熱く喘いで逆に股間を突き出してきた。

「とってもいい匂い」

「嘘よ。丸一日お風呂に入っていないのに……」

明日香は立ちすくみながら羞恥に脚をガクガクさせ、息を震わせて言った。

舐めるたびに新たな愛液が溢れ、いつしか彼女は行男の頭に両手をかけて身体を支え、うねうねと下腹を波打たせて悶えた。

「後ろを向いて、こうして」

やがて顔を離し、行男は明日香を後ろ向きにさせ、バスタブのふちに両手をかけさせてお尻を突き出させた。

「あん、ダメ、恥ずかしい……」

「大丈夫。とっても可愛いよ」

行男は宥《なだ》めるように言いながら、白く丸いお尻の谷間を、両の親指でムッチリと開いて、可憐な肛門に舌を這わせていった。

4

「あうう……、ダメよ、そんなところ舐めたら汚いのに……」

明日香がお尻をクネクネさせて言ったが、行男は執拗に舌を這わせ、細かな襞の震えを味わい、内部にも潜り込ませて内壁を舐め回した。

そして彼が気が済むまで舐めると顔を離し、再び前を向かせてクリトリスに吸い付いた。

「アア……、ね、永沢君……、何だか、トイレに行きたくなったわ……」

明日香が息を弾ませ、膝を震わせて言った。

「いいよ、このままして も。どうせオシッコだけでしょう? そうだ、こうして」

彼は座ったまま言い、明日香の片方の足をバスタブのふちに載せさせ、完全に股を開かせた。

「あん……、どうするの。顔にかかるわ……」

「うん、大好きな明日香の出したものだから大丈夫」

「な、永沢君って、変態だったの……」

「ううん、好きな人にだけ」

答えながらも、きっと芳恵にも求めてしまうだろうと行男は思った。

そして明日香も、言葉とは裏腹に、アブノーマルな行為にも激しい好奇心を抱きはじめているようだった。

こんなに何でもしてくれるのなら、もっと早くアタックすればよかったとも思ったが、やはりこれも芳恵と同じく、男女には旬の波があるのだろう。今日も彼女が微熱で朦朧としていたから、最もいいタイミングであり、結ばれるべくして迎えた運命の日だったのだ。

「いいの? 本当に出ちゃう。知らないわよ、風邪がうつっても……」

オシッコで風邪がうつるかどうかは分からないが、とにかく行男は目の前の明日香の腰を抱え、開かれたワレメに注目していた。

陰唇が広がり、奥の柔肉が迫り出すように蠢き、溢れた愛液が糸を引いて滴った。

「あうう……、出る……」

明日香が息を詰めて言い、下腹を強ばらせた。

間もなくワレメ内部に、愛液とは違う水流が満ち溢れ、緩やかな流れとなって放物線を描いてきた。

行男は舌に受け、彼女の温もりを受け止めた。

明日香はか細く言いながらも、壁に手を突いてフラつく身体を支えながら、次第に勢いを増して放尿を続けた。

「アア……、バカ……」

行男は、その激しい流れに興奮した。ためらいがちだった流れが、今は容赦ない勢いで、彼女がこちらの顔に向けてオシッコしているのだ。味や匂いよりも、その心根《こころね》に高まった。

飲み込んでみると、それはさして抵抗のない、淡い味わいと匂いだった。それでもじっくり味わうと、しょっぱい成分に混じり、僅かに苦みも混じっているが、これは体調によるものかも知れない。

とにかく飲み込めることが嬉しく、行男は喉を鳴らして受け入れてしまった。

溢れた分が胸から腹に伝い、勃起したペニスを温かく浸してきた。

やがて勢いが弱まると、彼はワレメに直接口を付けて余りを飲んだ。

「ああ……、倒れそう……」

明日香が息も絶え絶えになって呟き、ようやく長い放尿を終えてプルンと下腹を震わせた。

彼は舌を差し入れて余りをすすり、隅々まで舐め回すと、急激に溢れた新たな愛液が淡い酸味を伝え、舌の動きを滑らかにさせた。

そしてクリトリスを舐めると、とうとう彼女は力尽きて足を下ろし、クタクタと座り込んできた。

それを抱き留め、シャワーの湯を浴びせてやった。

「本当に飲んじゃったの……？」

「うん、明日香のものだと思うと美味しかった」

「ダメ、ちゃんとゆすいで」

彼女は言ってシャワーを手にし、彼の顔中に湯を浴びせてきた。

行男は顔を振って逃れ、やがてスポンジにボディソープを泡立てて、互いの身体を洗った。

洗い終えると交互に湯に浸かり、二人はバスルームを出た。

身体を拭くと、全裸のまま一緒にベッドに戻った。

「まさか、永沢君とこうなるなんて……」

添い寝しながら、明日香が呟くように言った。

「僕は、こうなることをずっと願っていたよ。だからとっても嬉しい」

「ええ……、私も、心のどこかでこうなるって思っていたかも知れない……」

明日香の言葉に、行男は限りない幸福感を覚えた。

唇を重ねると、彼女もすぐにネットリと舌をからみつかせてきた。

行男は仰向けになり、彼女を上にさせていった。

「美味しい。もっとツバ出して。いっぱい飲みたい」

「変態ね……、こう？」

囁くと、明日香も甘酸っぱい息を弾ませて答え、愛らしい唇をすぼめて白っぽく小泡の多い唾液をクチュッと垂らしてきてくれた。

「美味しい……、顔中にも……。そうだ、メガネを掛けて」

「永沢君、いったい何フェチなの?」

「僕は明日香フェチ。出来れば高校時代のセーラー服も着て欲しい」

「持ってきていないわ。まだ捨ててはいないけれど」

明日香は言いながら、枕元にあったメガネを掛けた。

そして再び唾液を垂らして飲ませてくれ、彼がせがむまま鼻筋や頬にも垂らしてくれた。

「ああ……、気持ちいい……」

行男はうっとりしながら美少女の唾液に顔中まみれ、さらに愛らしい口の中に鼻を押し込んだ。

「なんていい匂い……」

「やん、お風呂で歯を磨けばよかった……。どんな匂い? 嫌じゃない?」

「うん、果物みたいに甘酸っぱい。この匂い大好き」

行男は激しく勃起しながら、美少女の口の匂いに酔いしれ、なおも鼻をこすりつけて唾液でヌルヌルにしてもらった。

「ね、私が眠っている間、どこを舐めたの?」

「全部。オッパイも腋の下も、オヘソも足の指も、アソコもお尻の穴も」

「やん、足の指まで？　うんと歩き回ったから蒸れていたはずよ」

「うん、濃い匂いがしていたけど、舐めて綺麗にした」

「バカ、変態……！」

明日香が激しい羞恥に息を弾ませて言った。

「もっと言って……」

「お前なんか、大嫌いよ。ああ……、何だか変な気持ち……」

明日香が激しく喘いで身を寄せてくるので、そっとワレメを探ると、ヌルッと指が滑るほど大量の蜜が溢れていた。

「ああ……、いい気持ち……」

彼女が受け身に転じ、仰向けになったので、行男もクリトリスを探りながら、乳首に吸い付いていった。舌で転がし、顔中を柔らかな膨らみに押しつけて貪った。

「あう……、痛いわ。優しくして……」

明日香が身を投げ出して言う。

やはり処女は敏感なのだろう。芳恵にしたような激しさは控えた方がよさそうだった。彼はソフトタッチの愛撫に切り替え、左右の乳首を舐め回してから肌を舌で這い下りていった。

そして腰から太腿、足を舐めて爪先もしゃぶって指の股も舐めたが、やはり匂いがないので物足りなかった。それでも、さっきは眠っていて分からなかった明日香は激しく反応した。

「アアッ……、くすぐったくて、気持ちいい……」

風呂上がりなので、少しは気が楽なのか、快感だけを受け止めたようだった。

行男は両脚とも舐め尽くし、彼女の股間に顔を埋め込んで大量の愛液をすすり、クリトリスを舐めた。

「ああン……、ダメ、またいきそう……」

明日香がガクガクと腰を跳ね上げ、熱く喘ぎながら言った。

やがて行男は身を起こし、待ちきれないほど張り切っているペニスを構え、彼女の股間に迫っていった。

明日香も覚悟を決めたように息を詰め、されるまま両膝を開いて待った。

先端をワレメに押し当て、ヌメリをまつわりつかせてから位置を定め、ゆっくりと挿入していった。

張りつめた亀頭が処女膜を丸く押し開き、ヌルリと潜り込んだ。

「あう……！」

明日香が奥歯を嚙みしめて呻き、それまでの快感から急に痛みを覚えたのか肌を強ばらせた。しかし、何しろ潤滑油が豊富だし、最も太い亀頭のカリ首が潜り込んでしまうと、あとはヌルヌルッと滑らかに根元まで吸い込まれていった。

中は熱く濡れ、さすがに締まりもよかった。

股間を密着させ、行男は身を重ねて彼女の肩に腕を回して抱きすくめた。

「大丈夫？」

完全に一つになってから気遣うのも遅いが、明日香は小さくこっくりし、下から両手を回してしがみついてきた。

動かなくても、奥深い部分からドクドクと思春期の熱い躍動が先端に伝わり、息づくような収縮がペニスを包み込んだ。行男は肌を密着させながら、見慣れたメガネの明日香の顔を見下ろし、様子を見るようにそろそろと腰を突き動かしはじめた。

「く……」

明日香が眉をひそめて息を詰めた。

「よそうか？」

「いいの、続けて……」

囁くと、明日香が健気に答えた。

やはり誰でもすることだし、この痛みを通過すれば、やがて殊のほか気持ちよくなることを知っているのだ。

行男も、いったん動いてしまうと、その快感を中断するのは難しくなり、やがてヌメリに合わせて、小刻みながら次第にリズミカルに律動を開始してしまった。

互いの股間からクチュクチュと湿った音が聞こえはじめ、いつしか明日香の息遣いも動きに合ってきた。

深く突き入れるたび、顔がのけぞってかぐわしい息が弾み、行男自身がキュッキュッと心地よく締め付けられた。

たちまち行男は絶頂を迫らせ、憧れの明日香の処女を奪った感激に、やがて大きな快感に全身を貫かれていった。

「い、いく……！」

突き上がるオルガスムスに短く口走り、彼は明日香への気遣いも忘れて、ズンズンと股間をぶつけるように動いてしまった。

「あうう……！」

明日香が顔をしかめて呻き、彼の背に爪を立ててきた。

その痛みも甘美なものとなり、彼は熱い大量のザーメンをドクンドクンと美少女の柔肉の奥へとほとばしらせた。

何という快感だろう。芳恵との初体験も宙に舞うようだったが、今は明日香を自分の手で女にしたという満足感がプラスされていた。

彼は心おきなく最後の一滴まで内部に出し尽くし、やがて徐々に動きを弱めていった。そして美少女の甘酸っぱい息を間近に嗅ぎながら、うっとりと快感の余韻に浸り込むのだった……。

5

（今日は、芳恵さんのお誘いもなさそうだな……）

翌日、行男は今日の勉強を終えて思った。

昨夜は明日香と寝て、今朝は朝食を一緒に食べて出てきたのである。

明日香の風邪もすっかりよくなり、彼女は女子大に、そして自分はマンションへ帰ってきたのだった。

初体験のあと、明日香はうっすらと出血していた。それでも後悔した様子もなく、彼女の体調もよくなったようなので行男は夜のうちに帰ろうと思ったが、明日香が寂しいからと彼を引き留めたのである。

結局肌をくっつけ合い、心地よい疲労の中で二人ともぐっすり眠り、今朝は爽やかな目覚めを迎えたのだった。

そしてマンションで行男は勉強をし、ときたま明日香との初体験を思い出し、昼食後は、やはり向かいにいる芳恵を思ったのだった。

しかし芳恵からの誘いもなく、自分から訪ねるのも物欲しげに思われそうなので彼は我慢した。

やがてバイトの時間になり、行男は戸締まりをしてスーパーへと出かけた。

今日は閉店後も配送などがあるから遅くなる。

店長に挨拶し、エプロンを着けて倉庫の整理をした。そして夕方の立て込む時期を終えると、パートのおばさんたちも帰り、店長が夕食に出るので、彼が一人で店番をし、レジに立つことになった。

閉店までも僅かな時間、もう客が混むこともない。

今も、バイクで来たらしいバイク用のレザースーツに身を包んだ長身の男が缶詰を見ているだけだ。

(強盗じゃないだろうな……)

強そうなので、行男は少し不安になりながら、一応レジの裏側にある非常ボタンの位置を確認した。

するとそこへもう一人の客が入ってきて、行男は安心した。

入ってきたのも、がっちりした二十代の男だ。彼はいきなりポケットに手を突っ込んで、行男の方へやって来た。

「金を出せ」

「え……？」

思わず聞き返すと、男はポケットからナイフを出して身構えた。

「早くしろ！」

怒鳴られ、行男は立ちすくんだ。非常ベルのボタンまで、僅かな距離なのに移動すら出来なかった。

そこへ、奥にいた長身のレザースーツが、両手に缶詰を持ってやって来た。

「おい、お前も動くな！」

強盗は、奥にレザースーツがいたことに気づかなかったようで、驚いたように振り返って言った。

「そら」

すると、端整な顔立ちをしたレザースーツが短く言い、左手に持った缶詰を下手投げに、そっと強盗に放ったのだ。

「うん……?」

強盗は、足元に転がった缶に目を落とした。

その瞬間、レザースーツは右手の缶詰を全力で強盗の膝に投げつけたのである。

それは、ものの見事に強盗の向こうずねに当たった。

「うわッ……!」

強盗が奇声を発して屈み込むと、レザースーツはいち早く駆け寄り、強烈な蹴りを強盗の腹に見舞った。

「ぐえ……!」

呻いてうずくまる首筋にも、手刀一閃。たちまち強盗は昏倒した。

「ベル!」

「え? は、はい……!」

レザースーツに言われて、ようやく行男は非常ベルを押した。

「行動が遅いわ。じゃ私はこれで」

「お、お待ちください。お名前を……」

行男は、レザースーツが女であることにようやく気づき、目を丸くして呼び止めた。

「うちの子の好みのペットフードがなかったの。仕入れておいてね」

彼女は颯爽と手を振り、そのまま出ていってしまった。間もなくバイクのエンジンが掛かり、爆音が遠ざかっていった。

行男はレジを出て、恐る恐る悶絶している強盗に近づいた。ナイフは床に転がり、二つの猫用缶詰も転がっている。

撃退した証拠品に触れていいものか、そして強盗が息を吹き返したらどうしようかと思ったが、結局彼は何も出来ず立ちつくしていただけだった。

「どうした！」

と、そこへ警備員と一緒に食事を終えた店長も飛び込んできた。警備会社の車が到着したので、慌てて入ってきたのだろう。

「こ、これ、強盗です」

行男が言うと、二人の屈強な警備員が男を引き起こし、後ろ手に押さえつけた。

すると強盗もぱっちりと目を覚まし、

「ち、ちくしょーッ……！」

声を上げてもがきはじめたので、たちまち縛り付けられ、警官も呼ばれた。

「な、永沢君がやっつけたのか……」

「いえ、居合わせたお客です。そのまま帰ってしまいましたが……」

彼が答えると、店長はレジ上の防犯カメラを見た。

「ああ、そうだ。故障中だったんだ……！　こんなときに修理が遅れるなんて、上から叱られる……」

店長は嘆いたが、とにかく再び行男を見た。

「怪我はないな？　被害は」

「猫缶が一個、少しへこみました」

行男が答え、やがて到着した警官に、彼は経緯を話すことになった。

しかし彼は、レザースーツが女性であることを言うのが憚《はばか》られ、バイクで来た長身の男とだけ言ったのである。

女に助けてもらったことが恥ずかしいというのもあるが、あんな颯爽とした美女は自分だけの思い出にしたく、名乗らずに帰ったからには彼女も騒がれたくないだろうと察したのだ。

それに警官たちも、捕まえた犯人が手配中の連続強盗だったことに色めき立ち、撃退したのは、たまたま通りがかりの力自慢のものだろうという結論に落ち着いてしまったのだった。もちろん強盗自身も、すぐに気絶したので、レザースーツが女性だったとは気づいていないだろう。

やがてその夜は通常より遅くなってから、行男は残りの仕事を終えてスーパーを出て帰宅したのだった。

（世の中には、カッコいい女の人がいるもんだなあ……）

部屋に戻ってからも、行男は彼女を思った。

そしてその夜のオナニーは、芳恵でも明日香でもなく、一期一会のレザースーツ美女を思って抜いたのだった。

第三章　自画撮り

1

（あれ？　明日香……？）

彼女のハイツに向かっていた行男は、バイクから降りた少女を見て思った。

それは確かに明日香だ。バイクで送ってもらい、ヘルメットを返して頭を下げ、笑顔で自分の部屋に入っていった。

そしてバイクを運転していたのは、あのレザージャケットの美女ではないか。

行男は慌てて駆け寄り、再びスタートしそうになったバイクの前に立った。今日はバイトが休みなので、明日香を訪ねてきたのだが、今は中に入ってしまった彼女より目の前の美女に話があった。

「待ってください。僕です。先日、助けてもらったスーパーの店員」

「そう。行くわ、どいて」

ヘルメットをかぶった彼女は短く答え、どくように顎を動かした。

「今のは明日香ですね。僕の彼女なんです」

「え？　明日香の？」

彼女は驚いたように言い、傍らに下げたヘルメットを外して行男に渡してきた。

「じゃ後ろに乗って」

言われて、行男は慌ててヘルメットをかぶり、大型バイクの後部シートに跨った。

フルフェイスのヘルメットの中には、まだ明日香の甘酸っぱい吐息が残っているような気がし、彼は密かに胸を高鳴らせながら、ほっそりした彼女のレザースーツの腹に両手を回した。

すぐにバイクはスタートし、行男の手にしなやかな腹筋の躍動が伝わってきた。

「家はどこ。送ってあげる」

彼女が言うので、行男はスーパーからほど近いマンションの場所を答えた。

するとバイクは、素晴らしい加速で彼のマンションへと向かいはじめた。

まさか、先日のスーパーウーマンと再会し、しかもそのバイクに乗せてもらっているなど夢のようだった。

そして自分の部屋に戻った明日香も、まさか自分を送ってきてくれたバイクに、すぐ行男が乗って走り去ったとは夢にも思っていないだろう。

やがてマンションに着くと、行男は降りてヘルメットを返した。

「あの、どうかお茶でも。先日のお礼も言いたいし、いろいろお話ししたいんです」

懇願するように言うと、彼女もエンジンを切り、ヘルメットを脱いでバイクから降りてきた。

行男は嬉々として彼女を自分の部屋まで案内し、どうか芳恵に行き会いませんようにと願った。もっとも会ったところで、彼女のことを先輩の男とでも思ってくれるかも知れない。それほど、彼女の外見は長身の男そのものなのだ。

幸い、芳恵には会わず行男は自分の部屋に入り、彼女を招き入れた。

「一人でマンション？」

「ええ、叔父がアメリカへ行ったので、その留守番です」

行男は言いながら、冷蔵庫から冷たい緑茶を出してグラスに二つ注いだ。

「そう、浪人なのね」

「あ、明日香から聞いたのですか。あらためて、永沢行男です」

「ユキオは、どんな字？」

「行く男です」

「そう、私は大杉美沙子《おおすぎみさこ》。この春に、明日香のいる大学を卒業して、今は国文科の助手をしているわ」

「そうだったのですか」

ソファをすすめ、行男は美沙子を見た。ショートカットで目元が涼しく、長身だがほっそりしておらず、胸も腰も引き締まっているので、ちょっと見には男そのものだった。

大学を卒業して間もないなら、二十三歳ぐらいだろう。

「先日は助かりました。ありがとうございます。でも、どうしてあんなに強いんですか」

「空手部のコーチもしているから」

「うわ……、それはすごい……」

「警察に、私のことは言った？」

「いいえ、手配中の犯人逮捕に舞い上がって、単に通りがかりの善意の力自慢だろうということで、あまり追求されませんでした」

「そう、よかった」

美沙子は答え、緑茶を飲み干した。

「明日香が言っていたわ。浪人中の彼氏がいるけれど、来年はいい大学に入るだろうって」

どうやら明日香は、このボーイッシュで颯爽とした美女と親しくなり、もうそんなに立ち入った話までしているようだった。

「そうですか」

「痛かったって言うけれど、処女と童貞じゃ仕方ないわね。君も初めてだったのでしょう?」

美沙子が言う。小柄で童顔だから、初体験同士と思われたようだ。それにしても明日香が、そこまで相談しているのは驚きだった。

「ええ、何しろ手探り状態で、分かりませんでした……」

「いけないわね。ちゃんと知識を得てから、優しく順序立ててしないと」

美沙子が立ち上がり、いきなりレザースーツのファスナーを下ろした。

「暑いわ。脱ぐわね」

言いながら、まるで脱皮するように脱いでいくと、下はブラ、というより青い短めのタンクトップだ。

彼が目を丸くしていると、美沙子はみるみる下半身まで脱ぎ去ってしまった。ショーツは白だ。今まではレザースーツに押しつぶされていたのか、オッパイもそれなりに女らしい膨らみを持ち、腰のラインも丸みを帯びていた。

しかし腹筋は段々になり、肩や二の腕も逞しく、特に太腿の筋肉は荒縄でもよじり合わせたように硬そうだった。しかもレザースーツの中で蒸れたか、肌がジットリと汗ばんでいた。

「来て。コーチしてあげる」

美沙子が、何とも嬉しいことを言ってくれ、自分からベッドの方へ行った。

行男は、目まいを起こしそうなほどの急激な興奮に胸を高鳴らせ、フラフラと吸い寄せられるように従った。

「さあ、脱いで。先に何でも好きなようにさせてあげる」

美沙子はソックスを脱いでベッドに座り、さらにタンクトップとショーツまで脱ぎ去り、一糸まとわぬ姿になって横たわった。

行男は息を弾ませながら手早く脱ぎ、全裸になって添い寝していった。

「どうしたいの？　こう？　いいわ」

彼が右側から美沙子に腕枕してもらうと、彼女は言って抱きすくめてくれた。何と美沙子は、化粧気がないから男と間違えたのだが、腋毛も自然のままにしているのだった。

鼻を埋め込むと、そこは生温かく汗ばみ、何とも甘ったるいフェロモンが馥郁と籠もっていた。鼻をくすぐる腋毛の感触も新鮮で、彼は何度も深呼吸しながら顔をこすりつけ、恐る恐るオッパイに手を這わせていった。

美沙子は目を閉じ、じっとされるままになっている。

行男は充分に汗の匂いを貪ってから移動し、鼻先にある桜色の乳首に吸い付いていった。

肌はミルク色に近い白で、胸元にもソバカスがあるから、あるいは白人の血が混じっているのかも知れない。オッパイはそれほど大きくはないが、実に張りと弾力に満ちていた。

乳首を吸い、舌で弾くように転がすと、

「う……」

美沙子が小さく息を呑み、肌を強ばらせた。このように逞しい美女が感じてくれるのが嬉しく、行男は愛撫に熱を込め、もう片方にも吸い付いて舐め回した。

しかし彼女の反応は僅かで、まるで声を出すことを恥とでも思っているかのように我慢していた。あるいは美沙子にとってセックスは、競い合ったり自己の鍛錬に通じるスポーツのようなものなのかも知れない。

左右の乳首を舐め、もう片方の腋にも顔を埋めて充分に嗅いでから、彼は滑らかな肌を舐め下りていった。

腹筋が段々になった腹に舌を這わせると、やはり硬く逞しかった。

オヘソを舐め、腰から引き締まった太腿を舐めると、長い脚には限りないバネが秘められているようだ。

おそらく嚙みつくことも出来ないほど張りつめ、行男の顎の力など弾き返すほど硬いだろう。

恥毛も濃いが、脚も脛あたりは体毛があり、これも新鮮だった。

頰を当てて感触を味わい、舌を這わせて足首まで下りていった。そして大きな足の裏に顔を埋め、指の股に鼻を割り込ませて嗅いだ。そこは汗と脂にジットリと湿り、蒸れた匂いが濃く染みついていた。

行男は足裏から爪先までしゃぶり、順々に指の股にヌルッと舌を割り込ませていった。うっすらとしょっぱい味と匂いが消え去ると、もう片方の足も念入りに賞味し、貪り尽くした。

「ああ……、くすぐったくて気持ちいい……。明日香にも、このようにした？」

「ええ、全部同じようにしてます」

「そう、それなら見直したわ。すぐ突っ込むような男じゃなくてよかった……」

美沙子は言い、続けて、というふうに身を投げ出してきた。

やがて行男は彼女の脚の内側を舐め上げ、股間に顔を進めていった。

2

「アア……、よく見て……、こうなっているのよ……」

美沙子は自ら両脚を浮かせ、抱え込んで全開にしながら言った。

芳恵もそうだったが、女性には羞恥と戦いながら、未熟な年下の男に教える快感というのがあるのだろう。

行男が顔を寄せて目を凝らすと、情熱的に濃い茂みが股間にふんわりと煙り、ワレメの左右から肛門の周りにまで艶めかしく生えていた。

はみ出した陰唇は熱く潤って開かれ、奥では膣口が息づき、周囲の細かな襞は白っぽく濁った粘液にまみれていた。

そして包皮を押し上げるように勃起したクリトリスは、他の誰よりも大きな亀頭型で、小指の先ほどもあって妖しい光沢を放っていた。

さらにワレメの下の方、白く丸いお尻の谷間にあるツボミは、レモンの先のように僅かにお肉を盛り上げ、細かな襞を震わせながら内側の粘膜まで覗かせていた。やはりスポーツをしていると力むことが多く、やや突き出た形状になってしまうのかも知れないが、これも新鮮で艶めかしい眺めだった。

「さあ、好きなようにしてみて……」

大股開きのまま、美沙子が言った。

行男は顔を埋め込み、柔らかな茂みに鼻をこすりつけて嗅いだ。蒸れた汗の匂いが濃厚で、オシッコの刺激成分も心地よくペニスに伝わってきた。

舐めはじめると、ネットリとした淡い酸味の愛液が舌を心地よく濡らし、動きを滑らかにした。

膣口を舐め、襞を丁寧に探りながらヌメリをすすり、大きめのクリトリスに舌を這わせ、そっと吸った。

「アア……、いい……」

美沙子が本格的に喘ぎはじめた。いかにこらえても、それ以上にクリトリスは鋭敏なのだろう。

しかし行男はクリトリスばかりに集中せず、陰唇の内側や柔肉の尿道口当たりも探ってから、お尻の方に顔を埋め込んでいった。

ツボミに鼻を押しつけて嗅ぐと、汗の匂いに混じって、辛うじて秘めやかな微香が感じられた。外にいることが多い美沙子は、今日もどこかで大の用を足したようだった。

彼は男っぽい美女の恥ずかしい匂いを貪り、舌先でくすぐるように肛門を舐め、細かな襞の収縮を味わった。そして唾液に濡らし、内部にも潜り込ませて、ヌルッとした滑らかな粘膜を舐め回した。

「あうう……、いい気持ち……、嫌じゃないのね……」

美沙子がうっとりと言い、キュッキュッと肛門で彼の舌先を締め付けてきた。行男も応えるように舌を出し入れさせるように動かした。

やがて気が済んだように彼女が脚を下ろしてきたので、自然に行男も舌を肛門からワレメへ戻し、新たな蜜をすすりながらクリトリスに吸い付いた。

「ああ……、そこ、嚙んで……」

「え？　大丈夫なんですか」

「明日香にはしたらダメよ。私になら大丈夫」

言われて、行男は上の歯で完全に包皮を押し上げ、前歯で突起を挟み、コリコリと小刻みに嚙みながら舌先で弾くように舐め回した。

「アア……、いい、もっと……」

美沙子は顔をのけぞらせて喘ぎ、張りつめた下腹をヒクヒクと波打たせて悶えた。やはり彼女ぐらいになると過酷な練習に明け暮れ、痛いぐらいの刺激の方が好きになってしまうのかも知れない。

愛液の味が濃くなり、彼女ののけぞり方も激しくなってきた。

「い、入れて……」

やがて美沙子が口走り、待ちきれなかった行男も舌を引っ込めて身を起こした。

強く逞しい美女を組み伏せるのも快感で、彼はそのまま正常位で先端をあてがい、一気に根元まで貫いていった。

「あうう……！」

深々と押し込むと、美沙子は身を反らせたまま呻き、しばし硬直してペニスを嚙みしめているようだった。

行男も押し込んだままじっとして、温もりと感触を味わい、やがて身を重ねていった。そこで初めて、彼は美沙子の唇を求めた。

彼女の息は火のように熱く、適度な湿り気とシナモンに似た芳香が含まれていた。唇を重ねるとすぐに美沙子は長い舌をからみつかせ、ズンズンと下から股間を突き上げてきた。

それに合わせて行男も腰を突き動かし、何とも心地よい締め付けと肉襞の摩擦に高まっていった。

「アア……、気持ちいい……」

美沙子も口を離して熱く喘ぎながら両手を回していたが、やがて彼の身体を押しやって起こした。

「お尻に入れて」

「え……？」

言われて、行男は一瞬戸惑ったが、彼女ぐらいのスーパーウーマンともなると、アナルセックスも好きなのだろうか。彼も初体験の好奇心に突き動かされ、そろそろと膣からペニスを引き抜いていった。

すると美沙子が、再び両脚を浮かせて抱え、お尻を突き出してきた。

溢れた愛液は肛門の方まで滴り、挿入を待つようにツボミが収縮していた。

蜜にまみれた先端をツボミに押し当て、力を込めていくと、美沙子も口で呼吸をして括約筋をゆるめた。

「いいわ、もっと強引に……」

彼女が言い、行男も硬度が充分なので、そのまま押し込んでいった。

襞が丸く押し広がり、いちばん太い亀頭がズブリと潜り込んでしまうと、あとは比較的スムーズに入っていった。

「く……、いいわ、もっと奥まで……」

美沙子が言い、彼も深々と挿入すると、彼女のお尻の丸みが下腹部に当たって心地よく弾んだ。

やはり膣内とは感触が異なり、それほどのヌメリはなく、さすがに入り口の締め付けはきつかった。行男は初めてのアナルセックスに感激し、内部でヒクヒクと幹を脈打たせた。

「乱暴に突いて。中に出しちゃって……」

美沙子が肛門を収縮させて言い、自ら乳首をつまみ、さらにクリトリスもいじりはじめた。その貪欲で淫らな光景に興奮し、行男は小刻みに腰を突き動かし、次第に動きを大きくしていった。

「アアッ……！　気持ちいいッ……！」

美沙子は、肛門でもそれなりのオルガスムスが得られるようで声を上ずらせ、ワレメからは大量の愛液を溢れさせた。

彼の律動に合わせて、巧みに力を緩めているのだろう。

たちまち行男も絶頂に達してしまい、美女の直腸の奥に向けて熱いザーメンをドクドクと勢いよくほとばしらせた。

「あうう……、出ているのね。もっと……」

噴出を感じ取りながら喘ぎ、彼女はクリトリスをいじる動きを速めた。そして粗相したように愛液を飛び散らせながら、キュッキュッと肛門を収縮させた。

内部に満ちるザーメンに、動きはさらにヌラヌラと滑らかになり、行男は心おきなく最後の一滴まで注入し尽くした。

ようやく満足し、深々と押し込んだまま動きを止めると、美沙子も徐々に硬直を解いてグッタリとなり、なおも肛門は蠢きを続けてダメ押しの快感を与えてくれた。

そして中のぬめりと内圧に、ペニスはゆっくりと押し出され、まるで美女の排泄物にでもなったようにツルッと抜け落ちてしまった。

行男は添い寝したが、美沙子は少し呼吸を整えただけで、すぐにベッドを下り、彼も促した。

「すぐに洗った方がいいわ」

彼女は、まるで自分の家のように先にバスルームへ行って湯を出し、あとから入ってきた彼のペニスをボディソープで丁寧に洗ってくれた。

「オシッコしなさい。アナルセックスのあとは、中も洗い流すのよ」

言われて、行男は回復してしまう前に懸命に尿意を高め、美沙子の見ている前でチョロチョロと放尿した。

出し終えると、また彼女は念入りに洗い流してくれた。

「ね、美沙子さんも出してみて」

行男は、ムクムクと回復しながらせがんだ。

「そういえば、明日香のオシッコを飲んだのね」

「そ、そんなことまで話したんですか……。もしかして、二人は……」

彼は驚いて言い、二人の中を疑った。

「レズってこと？　確かに私は両刀だし、明日香も君への思いとは別に、私に憧れを寄せているみたい。たぶん近々手を出してしまうわ」

美沙子が事も無げに言い、白分もシャリーを浴びた。

そう聞いても、明日香が男と浮気をするわけではないから嫉妬は湧かず、むしろ女同士のカラミを想像して激しく勃起してしまった。

「もし、彼女とするなら二人でお願いできませんか……」

「それもいいわね」

「本当ですか。では近々。その前に、オシッコを……」

行男が言うと、美沙子は立ち上がり、座っている彼の目の前にためらいなく股間を突き出してきてくれた。

3

「いい？　出るわ……、アア……」

美沙子が自ら指でワレメを広げ、小さく喘ぎながら言った。

若いのに彼女ほど性格が男っぽく積極的なら、今までに多くの体験をしていそうでアナルセックスや放尿も一度や二度ではないのだろう。

バスルームの床に座りながら、行男は期待に胸を弾ませ、目の前にあるワレメを見つめた。柔肉が妖しく迫り出し、間もなくチョロチョロと勢いのいい水流がほとばしって彼の喉から胸あたりを直撃してきた。

最初から容赦ない勢いである。

彼は肌を直撃して伝う温かな流れにうっとりとしながら、舌に受け止めた。

それは、体調の悪かった明日香よりも淡く、ほとんど無味の流れで、何の抵抗もなく喉を通過した。飲み込むと、あとになって微かな味わいと匂いが鼻に抜けるように感じられた。

何やら、放尿プレイは必ず行わなければならないほど彼を夢中にさせ、病みつきになりそうだった。

流れは間もなく弱まり、行男は直接ワレメに口を付けて余りをすすり、内部を舐め回した。すると放尿が終わり、新たな愛液がヌラヌラと溢れて舌の動きを滑らかにさせ、淡い酸味を伝えてきた。

「ああ、気持ちいい……、早くベッドに戻りましょう……」

美沙子が言って股間を引き離し、もう一度互いに手早くシャワーを浴びてからバスルームを出た。

そして身体を拭き、全裸のままベッドへと戻ると、今度は彼女が上になって、仰向けの行男に唇を重ねてきた。

かぐわしい息を弾ませ、ネットリと舌をからめながらも、彼女はじっと行男の目を見つめていた。何やら美しい雌獣に食べられているようで、彼の興奮は倍加した。

美沙子は執拗に舌をからめ、甘い吐息と唾液を好きなだけ送り込んでくれ、行男は激しく高まってきた。

ようやく唇を離すと、彼女は行男の首筋を舐め下り、乳首に吸い付いてキュッと噛んだ。

「あう……、もっと……」

甘美な痛みと興奮に、思わず言うと、美沙子はコリコリと咀嚼《そしゃく》するように小刻みに噛んでくれた。そして左右とも愛撫し、たまに脇腹にも白く綺麗な歯を食い込ませて下降していった。

その間も、美沙子は切れ長の眼差しでじっと彼の顔を見つめているのだ。その視線による刺激も、相当に感じるものだと分かった。

やがて肌を熱い息でくすぐりながら、舌を這わせ、とうとう彼女は行男の股間に顔を寄せてきた。

幹を舐めて陰嚢にしゃぶり付き、睾丸を舌で転がしてからペニスを舐め上げ、また彼を見つめながらスッポリと喉の奥まで呑み込んでいった。

「アア……」

行男は快感に喘ぎ、彼女の口の中でヒクヒクと幹を震わせた。

美沙子は上気した頰をすぼめて吸い付き、熱い鼻息で恥毛をくすぐった。内部ではクチュクチュと舌が蠢き、たちまち肉棒全体は美女の温かな唾液にまみれた。

もちろん彼女は口に出させるのは目的ではなく、唾液に濡らし充分な硬度になった時点でスポンと口を離し、身を起こしてきた。

颯爽とバイクにでも乗るように、軽やかに彼の股間を跨ぐと、先端を膣口にあてがって腰を沈めてきた。

「ああッ……、いい……」

ヌルヌルッと根元まで受け入れ、完全に座り込みながら美沙子が喘いだ。

行男も温かく濡れた肉襞の摩擦に息を詰め、股間に彼女の温もりと重みを感じながら暴発を堪えた。

彼女は密着したワレメをこすりつけ、キュッキュッと味わうようにペニスを締め付けてきた。

やはりアナルセックスより、正規の結合で昇りつめたいのだろう。

美沙子は覆い被さるように肌を密着させ、彼の肩に逞しい腕を回して抱きすくめてきた。身長差が二十センチ近くあるので、行男のすぐ目の下に乳房があり、見上げれば美しい顔があった。

だから乳首も唇も、好きな方に簡単に舌が届くのだ。しかも組み伏せられているので、抱かれているより捕らえられた感が強く、それも興奮に拍車を掛けた。

彼は潜り込むようにして乳首を含み、自分がされたようにコリコリと嚙んだ。

「アア……、もっと強く……」

美沙子がキュッときつく締め付けながら言い、行男の顔中に膨らみを押しつけてきた。彼女の甘いフェロモンが湯上がりの匂いに混じって鼻腔を満たし、彼は左右の乳首を交互に吸い、歯で愛撫した。

すると、美沙子も徐々に腰を突き動かし、大量の愛液を漏らして動きを滑らかにさせていった。

行男もしがみつきながら股間を突き上げ、今度は美沙子のかぐわしい口を求めて顔を寄せていった。彼が鼻を押しつけると、美沙子もまるでフェラチオするように舌を這わせてくれ、さらに顔中も温かな唾液でヌルヌルにしてくれた。

「ああ……、いい匂い……」

「そう？　何もオーラルケアしていないのよ」

行男は、美女の吐息に酔いしれて言うと、美沙子は腰の動きを続けながら答えた。

「奥まで見せて……」

言うと、美沙子は形よい口を大きく開いて迫ってくれた。象牙色の、頑丈そうな歯がきっしりと奥まで続き、シナモンに似た口の匂いと甘酸っぱい唾液の匂いが心地よく彼の顔中に吐きかけられた。

「中に、入りたい……」

行男が言うと、美沙子は彼の鼻をスッポリと含み、舌の歯で鼻の穴あたりを刺激してくれた。彼は美女の吐息フェロモンに酔いしれ、その刺激的な湿り気で鼻腔を満たしながら、とうとう絶頂に達してしまった。

「い、いく……、アアッ……！」

激しく股間を突き上げながら口走り、ありったけの熱いザーメンをドクンドクンと美沙子の柔肉の奥へ勢いよく噴出させた。

「ああ……、気持ちいい。いく……！」

子宮の入り口を直撃されると同時に、美沙子も声を上ずらせてオルガスムスに達したようだ。膣内の収縮が最高潮になり、狂おしく全身の筋肉が躍動した。

行男は溶けてしまいそうな快感の中、最後の一滴まで出し尽くし、徐々に動きを弱めながら力を抜いていった。

美沙子も強ばりを解きながら、満足げに動きを止め、彼に体重を預けてきた。

「ああ……、よかった、すごく……」

美沙子は溜息混じりに言い、最後にキュッときつく締め上げた。するとアナルセックスと同じように、締まりのよさとヌメリでペニスが押し出されてしまった。彼女は前も後ろも、抜群の収縮力を持っているようだった。

やがて添い寝した彼女に腕枕してもらい、行男は温もりと匂いに包まれながら、うっとりと快感の余韻を味わうのだった。

4

「昨日、大きな女性が来ていたわね。出ていくところをちょうど見たの」

スケッチをしている芳恵に言われ、行男はドキリとした。

すでに全裸になり、ポーズを決めているところだから動揺しても動くわけにいかなかった。

そう、今日はまた人形のモデルに呼ばれ、全裸になって様々なポーズを取る行男を、芳恵はスケッチしていたのである。

もちろん終わったあとへの期待に、ペニスも変化していたから、まさに無防備での不意打ちのようなものだった。

「そうでしたか……」

行男は曖昧に答えた。

芳恵は、一目で美沙子が女性であると分かったようだ。

「セックスしたのね？　単なる勘だけれど」

言われて、行男は何と答えていいか分からずに絶句し、身を強ばらせてしまった。

それでは、肯定しているのが丸わかりになってしまっただろう。

しかし芳恵は咎めたり嫉妬している様子はなく、スケッチを終えて言った。

「あんな人も、モデルにしてみたいわ。私、宝塚が好きだったから」

「でも、頼めるかどうか……」

行男はためらった。

美沙子に言えば、自分と芳恵の関係も簡単に見透かされ、セックスフレンドがいるのならと、今後は会ってもらえなくなるかも知れない。

するとと芳恵は首を振った。

「言わなくていいわ。私も、ああいうタイプは何となく怖いから。それより、またセックスする機会があったら、ビデオに隠し撮りしてくれないかしら」

「え……？」

言われて、行男は驚いて彼女を見た。

「もちろん私以外は絶対に見ないわ。その映像を参考にしたいだけ。心配なら、私の映像も持って行くといいわ」

芳恵は言いながら、デジタルビデオカメラを取り出し、ベッドに向けてスイッチを入れてから、自分も脱ぎはじめた。たちまち全裸になると、彼女は熟れ肌を弾ませて添い寝してきた。

「撮られているのよ。変な気持ちでしょう」

「ええ……」

「たまに、私は自分を撮っていたの。もちろんポーズの参考のためだけど、裸だと、つい妙な気分になってしまったわ……」

芳恵の囁きが、次第に甘ったるいトーンに変化し、もう会話を終えるように唇を重ねてきた。

柔らかくぽってりした唇が密着し、熱く湿り気ある息は今日も白粉のように甘く艶めかしい匂いを含んでいた。芳恵の長い舌が潜り込み、彼の口の中を隅々まで舐め回してきた。

「ンン……」

彼女は熱く鼻を鳴らし、慈しむように執拗に舌をからめ、生温かな唾液を注ぎ込んでくれた。

そしてようやく離れても、近々と彼の目を見つめ、何度となく口や鼻の頭にソフトなキスを繰り返した。

「あの怖そうな女の人に食べられて、気持ちよかった?」

「ええ……、でも僕、芳恵さんがいちばん好き……」

行男は、美女の吐息に包まれてうっとりと答えた。

「そう、私も行男君が好きよ。今のまま、大人にならないで欲しい。似たお人形ではなく、剝製にして取っておきたい……」

芳恵は熱っぽい眼差しで彼の目の奥を覗き込みながら、爪の先でツツーッと胸から腹をたどった。

「ここを切り裂いて、内臓を取り出して、綿を詰めて防腐剤を入れて……」

歌うように囁きながら、本当に刃物で解体しているように爪を這わせた。

行男は何やら、江戸川乱歩の『黒蜥蜴』を思い出した。その作品には、多くの美しい若者を剥製にしてコレクションする魔性の女が描かれているのだ。

「まあ、すごく立っているわ。こんな話が嫌じゃないの？」

「うん、芳恵さんなら、何をされてもいい……」

「そう、じゃ本当に剥製にしてしまおうかしら……」

「お肉は、芳恵さんに食べて欲しい」

「そうね、捨てたらもったいないものね」

芳恵は言いながら、彼の頬にそっと歯を立て、軽く咀嚼するようにモグモグしてくれた。

「ああ……、気持ちいい……」

行男がうっとりと喘ぐと、芳恵は彼の耳朶も噛み、鼻にもそっと歯を当ててきた。

美女の熱く湿った口の中には、胸が切なくなるほど甘く悩ましい芳香が籠もり、彼はこのまま呑み込まれたい衝動に駆られた。

芳恵は顔中に舌を這わせ、あとにならない程度に歯を当て、生温かくかぐわしい唾液でヌルヌルにしてから、首筋を舐め下り、乳首にも吸い付いてきた。

そして彼女は、熱い息で肌をくすぐりながら、キュッと歯を立ててきた。

「あうう……、もっと強く……」

クネクネと身悶えながら言うと、芳恵は力を込め、左右とも交互に強烈な愛撫を繰り返してくれた。さらに肌を舐め下り、とうとう彼女は大股開きにした彼の股間に陣取り、ペニスに熱い息を吐きかけてきた。

先に陰嚢をしゃぶり、袋を充分に舐めて唾液に濡らし、睾丸を転がしてから、ペニスの裏側を舐め上げてきた。

「アアッ……！」

行男は顔をのけぞらせて喘ぎ、ゾクリと震えが走るほどの快感を得た。

「ね、飲ませて……。あとで何でもしてあげるから」

芳恵が股間から言った。

行男が小さく頷くと、彼女は先端をしゃぶり、舌先で執拗に尿道口を舐め、亀頭を含んで吸いはじめた。

「ああ……、いい気持ち……」

行男は温かく濡れた口の中で、幹を震わせながら喘いだ。

芳恵は、若いエキスを欲するように頬をすぼめて吸い、喉の奥までスッポリ呑み込んでは舌をからめ、温かな唾液にまみれさせた。

飲みたいと言うからには、我慢する必要はないのだが、やはり少しでも長く快感を味わっていたくて、つい彼は暴発を堪えてしまうのだった。

芳恵は深々と含みながら、チューッと強く吸い付いてスポンと口を離し、時には巨乳の谷間に挟みつけ、両側から押さえつけて揉みくちゃにしてくれた。

録画しているから、彼女も大胆な愛撫を繰り返しているのだろう。柔らかく温かな肌に包まれ、彼は激しく高まった。

彼女は再び含み、顔をリズミカルに上下させ、スポスポと濃厚な愛撫を開始した。

唾液のヌメリがクチュックチュッと卑猥な音を立て、熱い鼻息が股間に籠もった。

「アア……、い、いっちゃう……！」

もう限界である。行男は口走りながら、大きな絶頂の快感に激しく全身を貫かれてしまった。

身を反らせ、張りつめたペニスの先端から、勢いよく熱いザーメンがドクドクと噴出し、それは彼女の喉の奥を直撃した。

「ンン……」

受け止めながら、芳恵は小さく鼻を鳴らし、口の中を引き締めて強く吸った。

彼は股間を突き上げ、まるで美女の口とセックスしているかのように射精を続け、宙に舞うような快感に酔いしれた。

芳恵も含んだまま少しずつザーメンを喉に流し込み、口腔を締め付けて飲み込んでくれた。

やがて彼は最後の一滴まで絞り尽くし、グッタリと四肢を投げ出して余韻に浸り込んだ。しかし芳恵は、なおも頬をすぼめて吸引し、余りをせがむように貪り続け、何度となく先端を舐め回した。

「も、もう……、どうか……」

過敏に反応し、腰をよじりながら彼は降参した。

ようやく、飲み尽くした芳恵も口を離してくれ、淫らに舌なめずりしながら添い寝して、腕枕してくれた。

「美味しかった……」

耳元で熱く囁かれると、彼はすぐにも回復しそうになった。芳恵の吐息にザーメンの生臭さは混じらず、さっきと同じ甘い芳香をしていた。

行男は甘えるようにしがみつき、彼女の色づいた乳首に吸い付いた。

「あん……、いいわ、うんと好きなようにして……。して欲しいことがあったら言って……」

芳恵が彼の顔を胸に抱きすくめながら言い、激しい興奮に熟れ肌を波打たせた。

行男はコリコリと硬くなった乳首を吸い、顔中を柔らかな膨らみに押しつけて甘ったるい体臭を嗅ぎ、もう片方の乳首も充分に舌で転がした。

さらに腋の下に顔を埋め、濃厚なミルク臭の汗の匂いで鼻腔を満たし、やがて仰向けになって身体を投げ出した。

「ね、立って……」

「いいわ、どうされたいの……？」

言うと、芳恵は怪訝そうな顔をしながらもベッドに立ち上がり、クッションでよろけそうになって壁に手を突いた。

「足の裏舐めたい。のせて……」

「まあ……、そんなことされたいの……？」

芳恵は驚いたようだが、興奮と好奇心に、いくらもためらわず片方の脚を浮かせてそっとのせてくれた。

生温かな土踏まずが鼻に密着し、彼は踵に舌を這わせた。そして位置をずらし、指の股に鼻を押しつけると、彼女もそっと爪先でつまんでくれた。

今日も、彼女は買い物で動き回り、帰宅後もすぐスケッチに入ったのでシャワーは浴びていない。指の股は汗と脂に湿り、蒸れた匂いが濃厚に籠もって彼の股間を刺激してきた。

「アア……、変な感じ。こんな可愛い男の子の顔を踏むなんて……」

芳恵は熱く息を弾ませ、体重がかからないよう懸命に片方の足を踏ん張った。

彼は爪先をしゃぶり、全ての指の股を舐め回した。たまに小さな埃も口に入ったがかまうことはない。

そして足を交代してもらい、また彼は新鮮な味と匂いを貪った。

「ああン……、くすぐったくて、いい気持ち……」

芳恵が喘いで言い、さっきより体重を掛けてキュッと踏みつけてきた。

これは、淑やかな美女に踏まれるからよいのだ。

おそらく美沙子だったら、もっとためらいなく容赦なく踏んでくれるだろう。それでは、あまりに当たり前すぎて興が削がれる。やはりお嬢様育ちのような芳恵にしてもらうから興奮するのだった。

やがて両足とも味と匂いが薄れるほど賞味すると、彼は顔を跨いでもらった。

「ああ……、真下から見ているのね。なんてイヤらしい……」

芳恵はガクガクと膝を震わせ、それと分かるほど愛液を漏らして内腿まで濡らしていた。

「座って……」

行男が手を引いて言うと、芳恵は和式トイレにしゃがむスタイルで腰を落としてきた。真上にあったワレメが急速に鼻先までズームアップし、触れんばかりに迫って生ぬるいフェロモンを放った。

行男は下から豊満な腰を抱え、悩ましい匂いの籠もる茂みに鼻を埋め込み、ワレメに口を押しつけていった。

5

「アアッ……！　感じる……」

舐めはじめると芳恵が熱く喘ぎ、行男の舌を淡い酸味の蜜が濡らしてきた。

彼は滴《したた》る愛液をすすり、陰唇の内側を舐め回しながら、茂みに染みついた汗とオシッコの匂いで鼻腔を満たした。

膣口の襞を掻き回し、コリッと突き立ったクリトリスを舐め上げると、

「あうう！　そこ……！」

芳恵が口走り、ギュッと股間を彼の鼻と口に押しつけてきた。

しゃがみ込んでいるので、脹ら脛と内腿はムッチリと張りつめ、興奮に波打つ下腹が実に色っぽかった。

さらに彼は白く丸いお尻の真下に潜り込み、艶めかしいピンクのツボミに鼻を埋め込んだ。やはり美沙子との体験で、ここも必ず賞味しなければならない場所になってしまった。

うっすらと秘めやかな匂いが籠もり、行男は激しく息を弾ませ、美人妻の恥ずかしい匂いを貪り、舌で細かな襞を舐め回した。

「アア……、そこはダメよ、汚いから……」

芳恵は声を上ずらせて言いながらも、腰を上げて避けようとはしなかった。

彼は執拗に舐めて濡らし、とがらせた舌先を肛門に潜り込ませ、滑らかな粘膜まで味わった。

「く……、変な感じ……、嫌じゃないの……」

彼女は息を詰めて言い、潜り込んだ舌先をキュッキュッと肛門で締め付け、ワレメから溢れる蜜で行男の鼻をヌルヌルにさせた。

行男は充分に味わってから、再びワレメに戻り、大洪水の愛液をすすってクリトリスに吸い付いた。そして美沙了にせがまれたように、ほんの軽くクリトリスを前歯で挟んで刺激してみた。

「あァッ……！　い、痛いわ。でも、もっと続けて……」

芳恵は喘ぎながら言い、とうとうしゃがみ込んでいられず、彼の顔の両側に膝を突き、さらに四つん這いになって手足を縮めた。まるで彼の顔の上で亀の子のように身体を丸めた感じである。

茂みがシャリシャリと当たり、恥骨の膨らみがコリコリと彼の鼻をこすった。

行男は執拗にクリトリスを刺激しながら、指を膣口に潜り込ませて内部の天井、Gスポットを圧迫した。

「あうう……、ダメ、いきそう……」

芳恵が口走り、激しく腰をよじらせながらチョロチョロと生温かな水流を漏らしてしまった。それは愛液ではなく、どうやら失禁したようだった。

行男は嬉々として飲み込み、これ以上注がれたら溢れてしまうと思ったが、流れはすぐに治まった。

「止めて、今いくともったいないわ……」

彼女は言って必死に股間を引き離し、彼も指を引き抜いた。

すると芳恵は忙しげに移動し、再び彼の勃起したペニスにしゃぶり付き、唾液で潤いを補充した。

「く……!」

唐突な快感に呻いたが、彼女は濡らしただけですぐに口を離して身を起こし、行男の股間に跨ってきた。もどかしげに先端を膣口に押し当て、一気に腰を沈めて根元まで受け入れた。

「アアーッ……!」

芳恵は深々と貫かれ、目を閉じて喘いだ。

やはり同じ果てるなら、一つになって共に昇りつめたいのだろう。

行男も、熱く濡れた柔肉に締め付けられ、快感に息を詰めながら両手を伸ばした。

彼女もすぐに身を重ね、柔らかなオッパイを彼の胸に押しつけてきた。

「私さっき、お漏らししてしまったかしら……」

「ええ、少しだけ」

「まあ! ごめんなさいね……。嫌だったでしょう」

芳恵は繋がったまま驚いて言い、彼の鼻や口の周りを撫で回した。

「飲んじゃったから、大丈夫です」

「そんな！　ダメよ、汚いのに……」

「綺麗な芳恵さんから出たものだから、嬉しかったです。それにとっても美味しかったから」

「美味しいわけないわ……」

「だって、芳恵さんだって僕のザーメンを飲んで美味しいって」

「あれとオシッコは違うわ……、アア……、もうダメ、すごく気持ちいい……」

話しているうちに快感が高まり、芳恵は次第にリズミカルに腰を動かしはじめた。行男も下から抱きつきながら股間を突き上げ、何とも滑らかな摩擦に包まれて高まった。

「い、いきそう……」

「いいわ、いって、私の中にいっぱい出して……、ああ……、私もいく、気持ちいいわ。アアーッ……！」

彼女は声を上ずらせながら、一足先にオルガスムスに達し、ガクンガクンと激しい痙攣を開始した。たちまち膣内の収縮に巻き込まれ、行男も全身がバラバラになりそうな絶頂に包まれた。

「く……！」

突き上がる大きな快感に呻き、彼は熱い大量のザーメンをドクドクと勢いよく芳恵の柔肉の奥にほとばしらせた。

「あうう、熱い、もっと出して……、アア……！」

芳恵は貪るように彼の顔中を舐め回し、息と唾液の匂いに包みながら熟れ肌を跳ね上げ続けた。

やがて彼女の方が先にグッタリとなり、硬直を解いて行男にもたれかかってきた。

彼も全て出し切り、すっかり満足しながら動きを止めて、美女の重みと温もりを受け止めた。

「ああ……、よかった。溶けそう……」

重なったまま芳恵が荒い呼吸とともに言うと、行男は彼女の濡れた口に鼻を押し当て、かぐわしく湿り気ある吐息で胸を満たしながら、うっとりと快感の余韻に浸り込んでいった。

「もう、何だか行男君に夢中だわ……」

彼女が精根尽き果てたように呟き、やがて呼吸を整えてから股間を引き離し、そのまま横になって添い寝してきた。

ふと見ると、化粧台の椅子に置かれたデジタルビデオカメラのレンズが、なおも録画中のランプを点灯させながら、じっとこちらを向いていた。

「全部撮られていたのね。DVDをあげるから、もっと撮ってもいいわ……」

芳恵が言うので、行男はそっとベッドから下りてカメラを手にした。そしてモニターを見ながら彼女の股間をアップで撮った。

今は射精直後で満足しているが、このDVDを見たらまた熱烈にオナニーに使用するだろう。そのときのため、少しでも多くのオカズを収録しておきたかった。

「ここを映すの？　いいわ……」

芳恵も大股開きになってくれ、自ら陰唇を指で広げ、愛液とザーメンにまみれた膣口を見せてくれた。彼はアップで撮り、さらに両脚を浮かせ、息づく膣口と肛門の両方を念入りに録画した。

「アア……、何だか、また感じてしまいそう……。これを見て、行男君はオナニーするのね……」

芳恵は再び喘ぎはじめ、股を開いたまま指の腹でクリトリスをいじりはじめた。

行男は、喘ぐ彼女の表情も克明に撮り、芳恵のオナニーも次第に本格的になってしまった。

(すごい……)

行男は、喘ぐ芳恵の艶めかしい表情と、指の動きに合わせて新たな愛液が溢れ、ピチャクチャと響く卑猥な音も収録した。

そして撮りながら、当然ながら彼自身もムクムクと三たび勃起してしまい、際限がなくなるような不安さえ覚えた。

「ああッ……！　もっとよく見て。イヤらしいでしょう……！」

芳恵は何度も身を反らせて喘ぎ、熟れ肌を波打たせ続けた。

やはり舌と指で達するのと、セックスで感じるオルガスムスと、見られてのオナニーはそれぞれみな別物らしい。

「ま、またいく……、アアーッ……」

とうとう芳恵は立て続けに果ててしまい、声を上げて何度ものけぞった。

そして息も絶え絶えになって強ばりを解き、今度こそグッタリと満足げに四肢を投げ出したのだった。

行男も興奮が高まっていたが、芳恵が静かになってしまったので、自分はもう自重することにし、ようやくデジタルビデオカメラのスイッチを切った。

バスルームを借りて洗い流し、身体を拭いて戻ると、芳恵はまだベッドに横になったままだった。

「いいわ。カメラごと持って行って、自分でＤＶＤに焼いて。出来るでしょう？　そして、自分のお部屋でセックスするときがあれば、必ず隠し撮りしてね……」

「分かりました。ではお借りしますね」

行男は言い、芳恵に布団を掛けてやり、自分は手早く服を着て彼女の部屋を辞すことにした。

もっともドアを出ればすぐ自分の住まいのドアだから、念入りに身繕いすることもない。彼はカメラを持って自室に戻ると、すぐにもテレビにセットし、録画したものを空のＤＶＤに移し替える作業にかかったのだった。

第四章　叔母の匂い

1

「あれ？　もしかして、叔母さん……？」

早番のバイトを終え、夕方に帰宅した行男は、マンションの下に立っていた女性を見て声をかけた。

「まあ、確か、行男君？」

彼女もほっとしたように答えたので、行男も彼女が叔母の智代《ともよ》であることを確認した。叔母と言っても、叔父と離婚したから、元叔母である。確か今は三十五歳、会うのは二年ぶりぐらいか。

「どうしたんです？　そうか、叔父さんを訪ねてきたんですね」

「ええ、九州の実家へ帰ることになったから、アルバムを返そうと思って。そうしたら表札が変わっていたから、どうしようかと思っていたの。大きくてポストには入らないし」

「とにかく、入ってください」

行男は言い、二人でエレベーターに乗って、彼女を部屋に招き入れた。

「懐かしいわ……。今は行男君が使っているのね……」

智代は、室内を見回して言い、ソファに座った。そう言えば、かつては智代も叔父とこの部屋で暮らしていたのだ。

行男は茶を入れながら、叔父が仕事でアメリカへ行ってしまい、浪人中の自分が一年借りていることなどを話した。

「そうだったの……。相変わらず彼は忙しいのね」

智代は言い、自分も身の上を話した。

叔父との結婚生活は七年、もっとも出張や単身赴任が多かったから、実質はその半分にも満たないかも知れない。離婚してからは半年で、彼女は事務員をして都内で一人暮らしをしていたようだ。

しかし九州にいる親に誘われ、今回は故郷に帰ることにしたらしい。

離婚したときに持っていった荷物の中に、叔父の写真の入ったアルバムがあったので、今日届けに来たようだった。あるいは、それは口実で、よりが戻せないものかという含みがあったのかも知れないと行男は思った。

行男が最初に智代と会ったのは、小学生の頃の叔父の結婚式だ。綺麗なお姉さんだなと思っていたが、それは三十代半ばになっても変わらない。少々疲れた印象はあったが、相変わらず目鼻立ちのクッキリした美形で、栗色のセミロングの髪が白いブラウスに映えていた。

叔父とは職場結婚で、子供は出来なかった。

行男は法事とかでたまに会うだけで、二年ほど前の高校時代に叔父と二人で静岡の家に泊まりに来たことがあった。翌朝に手伝いで客間の布団を畳んだとき、彼女の使った枕カバーの匂いでオナニーしてしまったものだった。

「どうして別れたんですか」

行男は、気になっていたことを訊いてみた。

「私のこと、みんな悪く言っているでしょう。辛抱が足りないって」

「いいえ、僕は何も聞いていません」

「そう、あの人は仕事一筋で、もともと家庭を持つようなタイプじゃなかったのね。

趣味も持たず浮気もせず」

「はあ、確かに堅物ですね」

「子供でもいれば違っていたかも知れないけれど、あの人は全くセックスレスだったから……、あ、もうこんな話しても平気よね。高校を出たのだから」

「ええ、じゃまったく？」

「それは、最初のうちは少しだけあったけれど、二年目以降は一度もないわ」

「そんな、もったいない……」

行男は、こんな美人なのに、と叔父を詰《なじ》りたくなった。

そして彼も、すでに三人もの女性を知っているので、以前のシャイな自分とは違って立ち入った会話も出来るようになっていた。

「別にこっそり彼氏を作ろうとか、思わなかったんですか」

「それは、不倫願望はものすごく強くあったわ。でも、パートに出ていても機会はなかったし、そんなに積極的な性格でもないから」

「そうですか……、結局、叔父さんを好きだったんですね」

「でも、私が髪型を変えても、新しい服を着ても、全く気づかない人だったから」

智代は寂しげに言った。

「で、いつ九州へ？」

「アパートは今月いっぱいだし、もう荷造りも終えたから、二三日中にも」

「そう……」

「実は今日、泊めてもらって、思い切って挑みかかろうかと思っていたのだけれど」

智代が笑みを浮かべて言い、行男を見た。

「すいません、僕しかいなくて」

「ううん、行男君が謝ることないわ。忙しい人だから、あるいは留守だろうと思っていたから」

そう言い、智代は立ち上がって寝室の方へ行った。

「見てもいい？」

「ええ、どうぞ」

行男も立って、一緒に入った。

「そう、このベッドだわ。セミダブルだから身体がくっつくはずなのに何もないの。夜中に気がつくと、書斎で何かしていたり、リビングのソファで寝ていることもあったわ」

「そうだったんですか。それはひどい」

「私がいようといまいと、マイペースな人だったから」

彼女はベッドの端に腰を下ろして言った。

そしていきなり行男の手を握って引っ張り、彼を仰向けにさせて上からのしかかってきた。

「あ……」

「犯してもいい？」

近々と顔を寄せ、智代が熱く囁いた。行男も、激しく胸を高鳴らせながら小さく頷いていた。

「彼女はいるの？」

「まだ、片思いだけ……」

訊かれて、行男は無垢を装って答えていた。まだ何も知らないと言った方が智代の興奮が増し、何もかも手ほどきしてくれそうな気がしたのだ。

「そう、じゃ女を知りたいでしょう。私でもいい？」

囁かれ、また彼は頷いた。智代の熱い息は湿り気を含み、甘酸っぱい芳香が鼻腔を刺激してきた。

「本当。立っているわ。嬉しい」

と、智代は彼のズボンの股間に触れ、心から嬉しそうに言った。

「じゃ、急いでシャワーを浴びてくるから、脱いで待ってて」

「あ、あの……」

行こうとする彼女の手を握って、行男は引き戻した。

「なに。待てないの」

「ええ、僕、女の人がどんな匂いか知りたくて……、だから、今のままで……」

「いいの？　ゆうべお風呂に入ったきりで、今日はすごく動き回ったのよ。始まったら、もう中断できないわ」

智代は言いながら、すっかり興奮に火が点いてしまったようで、その場で脱ぎはじめた。

「さあ、行男君も脱いで」

みるみる白い肌を露出しながら言い、彼女は寝室の灯りを消して枕元のスタンドを点けた。ここで長く暮らしていたのだから、行男以上に勝手は知っている。

彼も緊張に胸を震わせながら脱ぎ、先に手早く全裸になって横になり、脱いでいく智代を見た。

彼女がパンストを脱いでいくと、薄皮を剝くように白く滑らかなナマ脚が露出していった。さらにブラとショーツを脱いで、一糸まとわぬ姿になると、すぐに彼の隣に滑り込んできた。

巨乳と言うほどではないがオッパイは形良く、腰のくびれや尻の丸みも色っぽく、生活に疲れた感じはなくて、なかなかのプロポーションだった。

「ああ……、すごくドキドキしているわ……。男の前で裸になるなんて、ものすごく久しぶりだから……」

犯してもいい、と言ったときの勢いは影を潜め、彼女は相当に緊張しているようだった。何しろ無垢と思っている、元甥っ子を相手にしているのだ。

「叔母さんは、叔父以外にも知っているの？」

まだ肌を密着させず、彼も緊張をほぐすように訊いてみた。

「結婚前の短大時代に、一人だけ。でも二年足らずの付き合いだったわ。それから、叔母さんなんて呼ばないで。もう他人なのだから、智代さんと呼びなさい」

「はい、智代さん……、いろいろ教えて……」

「いいわ、じゃ最初にキスして……」

智代は身を投げ出して言った。自分からするのではなく、指示して受け身になるつもりのようだった。

行男は身を起こし、そっと唇を重ねていった。

柔らかな感触が伝わり、甘酸っぱい息の匂いに、うっすらとお化粧の香りが混じって鼻腔に広がってきた。智代の舌が伸びてきたので受け入れ、そっとからみつかせながら、彼も差し入れていった。

2

「ンンッ……！」

智代は熱く呻き、行男の舌に強く吸い付いてきた。そして彼の手を握り、オッパイに導いた。

行男は柔らかな膨らみに手を這わせながら舌をからめ、元叔母の唾液と吐息を心ゆくまで味わった。アメリカにいる叔父は、このような展開になっているなど夢にも思っていないだろう。

ようやく唇を離すと、彼は首筋を舐め下り、智代の乳首に吸い付いていった。

「ああッ……！」

チュッと含んで舌で転がすと、彼女は大きな声で喘ぎ、ビクリと肌を硬直させた。

もう智代は久々の快感に夢中になり、彼の愛撫が慣れているかどうかなどの判断はつかなくなっているだろう。

行男は左右の乳首を交互に吸い、優しく舐め回しながら汗ばんだ胸元の匂いを嗅いだ。さらに指で乳首を弄《もてあそ》びながら、腋の下にも顔を埋め込んでいくと、やはり長く男日照りだったせいか、腋毛の処理もしておらず、それが実に色っぽかった。

鼻をこすりつけて嗅ぐと、汗の湿り気とともに、何とも甘ったるいフェロモンが馥郁と鼻腔を刺激してきた。

彼は何度も深呼吸して熟れた体臭を嗅ぎ、乳首をいじり続けた。

すると智代が身をくねらせ、彼の顔を腋から引き離してきた。

「さあ、入れていいわ……」

息を弾ませながら言い、行男は目を丸くした。

「え？　もう？　だって、まだアソコを舐めていないし……」

「いいのよ、そんなことしなくて。シャワーも浴びてないのだから」

彼女が言う。ひょっとして、興奮は大きいが性体験の乏しい智代のセックスとは、キスしてオッパイを愛撫して、すぐ挿入することなのかも知れない。

「お願い、少しだけ好きにさせて……」

行男は言いながら、智代の熟れ肌を舐め下り、オヘソを舐め、腰骨から太腿へと舌でたどっていった。

「あうう……、ダメよ、汚いから……、行男君、アアッ……！」

智代は激しく身悶え、喘ぎながら言った。しかし突き放すようなことはしないから感じてはいるのだろう。

滑らかな脚を舐め下り、もがく足首を摑んで足裏に顔を埋めた。そして指の股に鼻を割り込ませ、ジットリと蒸れた匂いを嗅ぎながら舌を這わせ、爪先にもしゃぶりついていった。

「ヒイッ……！　な、何をするの……！」

彼女は息を吞んで声を上げ、ビクッと足を引っ込めようとした。

行男は構わず指の股に、順々にヌルッと舌を割り込ませ、ほんのりしょっぱい味を貪った。

「ああッ……、ダメよ、止めて……」

次第に彼女の声が朦朧となってゆき、あとは熱い喘ぎだけが繰り返された。彼は両足とも存分に味わい尽くし、いよいよ腹這いになって彼女の脚の内側を舐め上げ、股間へと顔を迫らせていった。

「ね、もっと脚を開いて」

「い、嫌よ、恥ずかしいわ……、アアッ！　そんなに見ないで……」

智代は嫌々をしながら声を震わせ、とうとう彼も大股開きにさせた中心部に鼻先を進めていった。

茂みは情熱的に濃く、ワレメからはみ出す陰唇はネットリとした愛液にまみれていた。指で開くと、膣口周辺には白っぽく濁った本気汁が溢れてまつわりつき、クリトリスも愛撫を待つように真珠色の光沢を放って突き立っていた。

そして股間全体には、濃厚な熱気と湿り気が渦巻き、彼は吸い寄せられるようにギュッと顔を埋め込んでいった。

「ああ……、ダメ……」

智代は力無く言い、熟れ肌を強ばらせた。

柔らかな茂みに鼻をこすりつけると、やはり汗と残尿臭が馥郁と混じって籠もり、舌を這わせると淡い酸味のヌメリが感じられた。

「アア……、舐めたら汚いわ……、行男君……」

智代は譫言《うわごと》のようにか細く言い、白くムッチリした内腿を震わせ、下腹をヒクヒクと波打たせた。

手ほどきをする立場だったのに、すっかり受け身になって行男に翻弄されるばかりとなっていた。

「とってもいい匂い。智代さんのワレメ」

「ああッ！　嘘よ……、恥ずかしい……」

股間から言うと、智代は内腿で彼の顔を締め付けながら声を上ずらせ、新たな愛液をトロトロと溢れさせてきた。

彼は念入りに柔肉を舐め回し、膣口周辺の襞を掻き回すように賞味し、ヌメリをすすりながらクリトリスまで舐め上げていった。

「アアーッ……！　き、気持ちいいッ……！」

とうとう智代は正直に口走り、何度も身を弓なりに反らせて腰を跳ね上げた。

もがく腰を押さえ、彼は後から後から溢れる蜜をすすり、さらに脚を浮かせ、白く豊満なお尻の谷間にも顔を押しつけた。

ひんやりした双丘が心地よく顔全体に密着し、キュッとつぼまった可憐な肛門に鼻を埋めると、秘めやかな刺激臭が馥郁と感じられた。おそらくアパートのトイレに洗浄器は付いていないのだろう。

とにかく美女の匂いが反発的であるほど、そのギャップに彼は燃えてしまうのだ。

「あう！　何するの……！」

舌を這わせ、細かな襞を舐めてから浅く潜り込ませると、智代が驚いたように声を上げた。内部はヌルッとした滑らかな粘膜で、うっすらと甘苦いような微妙な味覚があった。

行男はかまわず押さえつけ、舌を出し入れさせるように動かした。

「アア……、嘘、信じられない、こんなこと……」

智代が息を震わせて言う。叔父どころか、独身時代の彼氏も実に淡泊な男だったようだ。

ツボミを執拗に舐めていると、彼の鼻先のワレメからは、さらに新たな乳白色の愛液が溢れてきた。ようやく行男は舌を引き離し、滴る蜜をすすりながら彼女の脚を下ろし、再びクリトリスに吸い付きながら、指を膣口に潜り込ませ、天井のGスポットを刺激してやった。

「あうう……、ダメ、いっちゃう、アアーッ……！」

智代は声を上ずらせ、ガクガクと狂おしい痙攣を開始しながら彼の指を締め付け、粗相したように大量の愛液を漏らした。どうやら、あっという間にオルガスムスに達してしまったようだった。

彼女は反り返ったまま硬直し、やがてグッタリと身を投げ出してきた。

それ以上の刺激を拒むように、息も絶え絶えになって腰をよじるので、行男も指を引き抜き、顔を上げて再び添い寝していった。

智代は彼に腕枕をし、胸に抱きすくめながら荒い呼吸を繰り返した。息を詰めて硬直しては、また吐き出して身悶えた。もう触れていなくても、まだオルガスムスの波の余韻にたゆたっているようだった。

行男は、彼女の熱くかぐわしい息を嗅ぎながら、激しく勃起したペニスを熟れ肌に押しつけた。

「気持ちよかった？」

「ええ……、こんな気持ち、初めて……。いけない子ね……」

智代は喘ぎながら答え、徐々に呼吸を整えながら彼の唇を求めてきた。

密着して舌をからめると、さんざん喘いだせいか彼女の舌はひんやりとして乾き気味だった。

長いディープキスを続けながら、行男は彼女の手を握って、ペニスへと導いていった。智代も幹に触れ、汗ばんだ手のひらでやんわりと包み込んでくれた。

そして行男は美女の唾液と吐息を存分に味わってから唇を離し、智代の顔を股間の方へと押しやっていった。

彼女も察して、素直に移動してくれ、やがてペニスに熱い息を吐きかけてきた。

「大きい……、でも綺麗な色……」

智代は近々と先端に顔を寄せて言い、幹をニギニギしては指の腹で亀頭をこすり、硬度や感触を確かめていた。そして舌を伸ばして、尿道口から滲む粘液を丁寧に舐め取ってから亀頭を含んできた。

「ああ……」

受け身に転じて喘ぐと、彼女は次第に激しく先端を舐め回し、スッポリと喉の奥まで呑み込んできた。

温かく濡れた口の中で舌がクチュクチュと滑らかに蠢き、からみついて唾液にまみれさせた。

行男自身も最大限に膨張し、美女の口腔でヒクヒクと幹を上下に震わせた。

智代も夢中になって貪るように吸い付き、お行儀悪く音を立ててチュパチュパと強烈な愛撫を繰り返した。

そして彼が危うくなる前に、智代の方が先に興奮を高め、スポンと口を離して横たわってきた。

「お願い、して……」

喘ぎながら言い、仰向けになって身を投げ出した。また彼女は受け身になりたいようだ。

行男も身を起こし、彼女の唾液にまみれたペニスを構え、正常位で股間を進めていった。そして大量の愛液に潤っているワレメに先端を押し当て、ゆっくりと感触を味わいながら深々と貫いていった。

3

「ああーッ……！　いい……」

ヌルヌルッと根元まで押し込むと、智代が顔をのけぞらせて喘いだ。

行男は熱く濡れた柔肉の感触と、締まりの良さを味わいながら、まだ動かずに身を重ねていった。

智代も下から両手で激しくしがみつき、ズンズンと股間を突き上げてきた。

柔らかな茂みがこすれ合い、彼の胸の下では柔らかなオッパイが弾んだ。

本当は正常位より、女上位の方が好きなのだが、上になった方が自由に動け、コントロールしやすいという利点もある。

行男は彼女の肩に手を回し、身体を押さえつけてから小刻みに腰を突き動かしはじめた。

「アア……、気持ちいい……、もっと突いて……」

智代が動きを合わせながら、熱くかぐわしい息でせがんだ。

「ね、智代さん。オマンコが気持ちいいって言って」

動きながら囁くと、彼女はひゅっと息を吸い込んだ。

「そ、そんなイヤらしいこと、言えないわ……」

「言わないと、抜いちゃうよ」

行男はサディスティックな興奮を高めながら言い、動きを止めて今にも引き抜くようなふりをした。

「あうう……、意地悪ね……、お願いだから止めないで。もうすぐいきそうなの」

「じゃ言って。そうすると僕ももっと硬くなるから」

囁くと、智代も何度かためらいながら唇を湿らせた。

「お願い、もっと激しくして……。オマンコが、気持ちいい……、アアッ！」

とうとう口にして、智代は自分の言葉に激しく喘いだ。

行男も快感を高め、激しいピストン運動を再開させながら、フィニッシュに向かって突っ走りはじめた。

「アア……、いきそう……」

彼は口走りながら、股間をぶつけるように律動し続けた。

「も、もうダメ……、いく……、ああーッ……！」

たちまち智代も声を上げ、失禁したように大量の愛液を噴出させて互いの股間をビショビショにさせながら、何度も激しくのけぞった。

どうやら指と舌による絶頂ではなく、完全に本格的なオルガスムスに達してしまったようだ。同時に膣内の収縮も活発になり、続いて行男も、心地よい肉襞の摩擦の中で昇りつめた。

「く……！」

突き上がる快感に呻き、彼はありったけの熱いザーメンをドクンドクンと勢いよく注入した。

「あうう……、感じる……！」

噴出を受け止めて、智代がダメ押しの快感を得たように弓なりに反り返った。

行男は心おきなく最後の一滴まで絞り尽くし、快感を貪った。そして深々と押し込んで動きを止め、智代の湿り気ある甘酸っぱい息を間近に嗅ぎながら、うっとりと余韻に浸って力を抜いていった。

彼女もヒクヒクと痙攣を繰り返していたが、やがて力尽きたようにグッタリと四肢を投げ出し、荒い呼吸とともに膣内も収縮させた。

行男は充分に味わい、呼吸を整えてからゆっくりと股間を引き離し、智代に添い寝していった。

「何だか、本当のセックスを教わったみたい……。でもまさか、このベッドで行男君とするなんて……」

智代は、まだ荒い息遣いで呟き、あらためて寝室内を見回した。

かつては、この位置から何度も見上げていた天井なのだろう。

いつしか、彼女は嗚咽に肩を震わせていた。

「泣かないで、智代さん」

行男が言うと、智代は少女のように彼にしがみついてきた。

そっと抱いてやり、彼は智代の濡れた瞼を舐めてやり、さらに鼻水まですすった。

その味わいと粘り気は愛液とそっくりで、何やらまた彼はムクムクと回復しそうになってしまった。

やがて二人はベッドを降りてシャワーを使い、智代は身体を拭いて服を着た。

泊まってもかまわないと言ったのだが、やはり辛くなるようで、智代は未練を断ち切るように帰っていった。

間もなく九州へ行ってしまうので、もう会うことはないかも知れない。

行男は智代を見送ってから、余韻の中で寝ることにしたが、芳恵から借りたカメラで盗撮しておかなかったことを悔やんだ。

4

「うわ、美沙子さんも一緒でしたか」

行男はドアを開け、驚いて言った。

明日香から、遊びに来たいというメールをもらったので、寝室のベッドに向け、棚の隅にデジタルビデオカメラを仕掛けておいたのだ。

すると明日香は、美沙子のバイクに乗せられ、二人で来たのである。

これは願ってもないことだった。明日香とのセックス隠し撮りは、自分のオナニーのためだが、美沙子が映っていれば芳恵への土産になる。

だが、3Pなどという幸運が巡ってくるだろうか。逆に三人だから、雑談で終わってしまう可能性もある。

行男は多くのことを、短い間に目まぐるしく考えながら二人を招き入れた。

それにしても、このマンションに住むようになってから、次から次へと女運がよくなっている。

方角がよかったのだろうか。あるいはこの場所に、女性を惹きつける何かがあるのではないか。それが、仕事一筋で淡泊な叔父には、もったいないことに効果をもたらさなかったのだろう。

「三人でしましょう」

すると、驚いたことに開口一番、美沙子が言った。

「どうしても、明日香に手を出したくなったけれど、やっぱり仕上げには男がいた方がいいので」

美沙子の言葉に、明日香もほんのり頬を染めているだけだ。

すでに二人の間では話が出来ているのだろう。

明日香もまた、行男との行為のみならず、ボーイッシュで颯爽とした美沙子に魅力を感じ、その気になっているようだった。

もちろん女同士のことなので、行男も嫉妬どころか大きな興奮と期待を抱いた。

すでに、寝室のカメラにはスイッチが入れてあり、今は無人のベッドが録画されているのだ。

明日香が来れば、すぐ寝室に行くだろうし、来てからではスイッチが入れられないと思い、最初の時間の少々の無駄は覚悟し、あらかじめ回しておいたのである。

だから美沙子が、すぐ本題に入ってくれたのは実に好都合だった。

しかも行男は、明日香のメールがあった時点で先にシャワーを浴びておいたので、準備は万端だった。

「じゃ、寝室へ……」

行男は言い、二人もソファに座る前に、すぐに寝室に入ってきた。

何とも、前置きのムードも何もなく、唐突に淫らなテンションが上がるのも妙な気分だ。それでも清純派の明日香と、男装で長身の美沙子というアンバランスな雰囲気があるから、案外にすんなり妖しい世界に入ってしまった。

「ね、最初は見ていて。女同士で好きにしたいの」

美沙子が早速脱ぎながら言い、明日香もモジモジと脱ぎはじめた。

行男は頷き、椅子を持ってきて、自分も脱いでから座って待機した。たまに、どうしても棚にセットしたカメラの方を見てしまうが、もちろん二人は気づかず淫らな世界にのめり込んでいった。

たちまち美女と美少女は全て脱ぎ去り、行男のベッドに横になった。

「ああん……、恥ずかしいわ。見られていたら……」

明日香が、声を震わせて小さく言った。しかし好奇心は旺盛で、この男装の麗人に熱い憧れと執着を寄せているようだ。

「大丈夫。すぐ気にならなくなるから」

美沙子は言い、唇を重ねていった。

もとより両刀と言っている美沙子は慣れているだろうが、明日香は初めての同性とのキスに身を強ばらせ、目を閉じて微かに震えていた。

熱い息が混じり合い、舌も潜り込んだように二人の上気した頰が微妙に動いた。

見ている行男も激しく興奮し、はちきれそうに勃起してしまった。アダルトDVDではなく、生身の美しい二人が目の前で舌をからめているのである。

美沙子は執拗に明日香の唇を吸いながら、その胸に手のひらを這わせはじめた。微妙なタッチで膨らみを揉み、指先で乳首をくすぐった。やはり女同士の方が、ポイントを心得た繊細な愛撫が出来るのだろう。

「ンン……」

明日香が熱く息を弾ませ、うねうねと身悶えはじめた。

ようやく唇が離れると、美沙子は美少女の頬に舌を這わせ、耳の穴も舐め回してから首筋を下降し、桜色の乳首に吸い付いていった。

「ああ……、美沙子先生……」

明日香は顔をのけぞらせて喘ぎ、何度もビクッと反応した。

たちまちベッドの方から、二人の混じり合った熱気が甘い匂いを含み、甘ったるく行男の方にまで漂ってきた。

美沙子は丁寧に明日香の左右の乳首を含んで吸い、舌で転がしてから、今度は自分のオッパイも彼女の顔に押しつけていった。

「吸って……、噛んでもいいわ……」

美沙子が言うと、明日香は素直にチュッと吸い付き、遠慮がちに噛んだようだ。

「アア……、いい気持ち。もっと強く……、こっちも……」

美沙子も熱く喘ぎ、左右の乳首を交互に含ませ、艶めかしく身悶えた。

胸を離すと、美沙子は明日香の肌を舐め下り、とうとう股間に顔を潜り込ませ、大股開きにさせて間に腹這いになっていった。

「もっと力を抜いて、大きく開くのよ」

「ああン……、恥ずかしい……」

明日香が声を震わせながらも、朦朧となって従った。

「綺麗な色……、それに可愛い匂い」

「アアッ……！」

股間からの美沙子の呟きで、明日香は激しい羞恥に身悶えた。やはり同性に見られるのは、行男の場合とは違うのだろう。

とうとう美沙子の舌先がワレメに触れ、彼女は丁寧に舐め回しはじめた。

「あう……、恥ずかしい……」

明日香は羞恥と快感に喘ぎ、内腿で何度かキュッと美沙子の顔を挟みつけた。

「私にもお願い……」

美沙子は言い、なおも明日香のクリトリス辺りを舐め回しながら身を反転させていった。そして股間を明日香の顔に突きつけると、彼女もためらいなく美沙子のワレメに顔を埋め込んだ。

二人は、互いの内腿を枕にした、女同士によるシックスナインの体勢になった。

それぞれの股間に息が籠もり、舌を這わせる音が聞こえてきた。

（わあ、すごい……）

見ていた行男は、そのあまりに強烈な光景に、ペニスに触れなくても暴発してしまいそうな高まりを覚えた。

「ああン……、もう……」

しばし必死に舐めながら息を弾ませていたが、明日香が降参するように顔を上げて喘いだ。

すると、ようやく美沙子も身を起こして再び明日香に添い寝した。

「行男君、来て。好きなようにしていいわ」

美沙子に言われ、彼は勢い込んで椅子から立ち、並んで身を投げ出している美女と美少女を見下ろした。まずは、二人の足の方から顔を寄せていった。

先に美沙子の足裏を舐め、指の股に鼻を押しつけて蒸れた匂いを嗅いだ。

今日も彼女はさんざん動き回ったのだろう。あるいは空手の稽古もして、そのままシャワーも浴びずに明日香と落ち合ったのかも知れない。

彼は爪先にしゃぶり付き、左右の足とも念入りに指の間を舐め回してから、明日香の足裏と爪先にも同じようにした。

明日香の指の股も汗と脂に湿って蒸れ、悩ましい匂いを籠もらせていた。

「アア……」

指の間に舌を割り込ませるたび、明日香は喘いで美沙子の胸に縋《すが》りついた。

そして行男は、今度は明日香の脚の内側を舐め上げ、ムッチリした内腿をたどって股間に顔を寄せていった。

ワレメからはみ出す花びらは、ネットリとした蜜を宿らせ、興奮に柔肉を色づかせていた。茂みに顔を埋めると、赤ん坊のような体臭に、美沙子の吐息と唾液の匂いもほんのり混じっているようだった。

彼は柔らかな若草に鼻をこすりつけて何度も嗅ぎながら、ワレメ内部に舌を這わせていった。

「く……、んん……」

明日香が喘ぎをくぐもらせたので、舐めながら見上げると、美沙子に唇を塞がれていた。行男も興奮を高めながら明日香のクリトリスを舐め、さらに脚を浮かせて可愛い肛門にも鼻を埋めた。

残念ながらここは淡い汗の匂いだけだったが、舌を這わせ、細かな襞を濡らしてから舌先を押し込むと、微かに甘苦いような味覚が感じられた。そして美少女の前も後ろも存分に味わってから、行男は隣の美沙子の股間に顔を潜り込ませていった。

張りのある筋肉質の内腿を舐め上げると、美沙子のワレメも明日香に負けないほど大量の蜜に潤い、何とも濃厚なフェロモンを籠もらせていた。

密集した茂みに鼻をこすりつけて嗅ぎ、明日香の唾液も混じっているワレメのヌメリを貪欲に舌ですくった。

「アア……!」

美沙子も喘ぎを洩らし、明日香の顔を胸に抱きすくめた。

行男は淡い酸味の蜜をすすり、大きめのクリトリスを舐め回した。そして軽く歯も立てて刺激すると、さらに愛液の量が格段に増してきた。

やがて美沙子は寝返りを打つように、仰向けの明日香に覆い被さっていった。

行男は、目の前に突き出された美沙子のお尻に顔を埋め、密着する感触を味わいながらピンクのツボミに鼻を押しつけた。

こちらは秘めやかな微香が生々しく感じられ、その刺激が直にペニスに伝わってきた。行男は執拗に舌を這わせ、収縮するツボミにヌルッと潜り込ませて滑らかな内壁も味わった。

「ああっ……、もっと……」

明日香に重なりながら、美沙子がクネクネとお尻を動かして言い、潜り込んだ舌をキュッキュッとイソギンチャクのように肛門で締め付けてきた。

行男は美沙子のお尻に顔を埋め、舌を蠢かせながらクリトリスをいじり、下にいる明日香のワレメも愛撫した。すると美沙子から滴る愛液が明日香のワレメもぬめらせはじめていった。

すると美沙子は、肛門への愛撫では物足りなくなったか、いったん身を起こして、今度は明日香と脚を交差させていった。

二人は、ちょうど二本の松葉を交差させて引っ張り合うような形で股間同士を密着させた。そしてそれぞれ相手の片方の脚を抱え込みながら腰を動かし、ワレメをこすり合わせたのだ。

男には要らない行為なので、行男は身を離してしばし見守った。

「ああン……、気持ちいい……!」

明日香が喘ぎ、腰をくねらせた。

男と違い邪魔な突起物がないから、ワレメ同士は吸盤のように吸い付き合い、愛液を混じらせて滑らかにこすられた。そしてクチュクチュと淫らに湿った音が、二人の接点から響いてきた。

行男は、それぞれに息づくオッパイに手を這わせてみたが、女二人は股間の刺激に夢中になっているようだ。

「い、いく……、アアーッ……！」

明日香が声を上げ、狂おしく身を震わせて股間を動かした。そして痙攣を繰り返していたが、やがて静かになったので、美沙子はゆっくりと身を起こし、行男の手を取って二人の間に寝かせた。

5

「さあ、今度は二人で行男君を……」

美沙子が言い、彼の右側から頬に唇を押しつけてきた。すると左側から、まだ荒い呼吸を繰り返している明日香が同じようにしてきた。

美沙子が唇を重ねてくると、明日香も割り込んできた。

行男は左右から二人の唇を味わい、激しく贅沢な快感を嚙みしめた。

そして美沙子が舌を潜り込ませてくると、明日香も操られているかのように、チロリと舌を差し入れてきた。

美沙子のかぐわしいシナモン臭の息と、明日香の甘酸っぱい果実臭の息が混じり合い、悩ましく鼻腔を掻き回してきた。

しかも、それぞれの舌を舐めると、微妙に感触が違い、混じり合った唾液が生温かくトロリと喉を潤してきた。美沙子の舌は猫のようにザラつきがあって長く、明日香の舌はヌラヌラして、どちらも味わいがあった。

美沙子は、行男のみならず明日香とも執拗に舌をからめてから、彼の鼻の穴を舐めてきた。

明日香も同じようにし、さらに二人は彼の顔中を舐め回し、生温かな唾液でヌルヌルにまみれさせてくれた。まるで唾液でパックされているようで、彼は美女たちの唾液の匂いに包まれて激しく高まった。

やがて二人は彼の頬から耳を舐め、同時に耳の穴に舌を差し入れて蠢かせた。熱い息と、クチュクチュと舌の蠢く音だけが聞こえ、彼はまるで脳内を内側から舐められているような気になった。

さらに二人は首筋を舐め下り、彼の左右の乳首に吸い付いてきた。

美沙子の方は、自分が好む愛撫で、キュッと歯を立ててきた。

「あう……、もっと噛んで……」

行男も、すっかり受け身の快感に包まれて口走った。痛いぐらいの方が、美女たちに犯されているような気になって燃えるのだった。

するとで明日香も、可愛らしい歯並びを食い込ませてくれ、彼は熱い息と甘美な痛みに肌を刺激されて悶えた。

二人は脇腹や下腹、内腿もモグモグと嚙んでくれ、彼は雌獣たちに捕らえられ、少しずつ食べられていくような快感に包まれた。

やがて足の先までいくと、二人は彼がしたように足裏を舐め、それぞれの爪先にしゃぶりつき、指の間にヌルリと舌を割り込ませてきてくれた。

「ああッ……!」

行男はビクッと反応して喘いだ。する分にはよいが、される側となると何やら申し訳ないような気持ちになった。何やら温かなヌカルミに両足を突っ込んだような心地で、しかも爪先で美女たちの、柔らかく清らかな舌を挟みつけるという贅沢な快感も味わった。

二人は全て舐め尽くしてから、彼を大股開きにさせ、脚の内側を舐め上げてきた。

行男は期待に身を震わせ、二人が中心部に来る前から、ゴール地点にあるポールをヒクヒクと上下させた。

とうとう二人の舌先は彼の陰嚢に達し、先に彼女たちは頬を寄せ合い、熱い息を混じり合わせながら舌先で睾丸を一つずつ転がし、袋全体を唾液にぬめらせながら優しく吸ってくれた。

「あうう……、気持ちいい……」

行男は口走り、急所を引き抜かれるようなスリルさえ感じながら腰をよじらせた。

そして先に美沙子が幹の裏側を舌で這い上がってくると、明日香もペニスの側面に舌先を這わせてきた。

「く……」

行男は暴発をこらえながら呻き、快感の中心部に二枚の滑らかな舌を感じた。

二人は張りつめた亀頭を舐め回し、交互に舌先を尿道口に這わせて滲む粘液を舐め取ってくれた。

熱く混じり合った息が恥毛をくすぐり、ミックス唾液がどっぷりとペニスを浸してきた。先に美沙子が亀頭を含み、頬をすぼめてスポンと引き抜くと、続いて明日香も同じようにして吸ってくれた。

口腔の温もりや感触が微妙に異なり、それぞれに心地よかった。

やがて代わる代わる呑み込まれてしゃぶられるうち、彼はどちらに含まれているかも分からないほど快感が高まってきた。

「も、もう……、どうか……」

行男が警告を発したが、主導権を握っている美沙子は一向に強烈な愛撫を止めなかった。

彼女たちは互いの舌や唾液をものともせず亀頭をしゃぶり、行男はまるで女同士のディープキスの間にペニスを割り込ませているだけのような気になってきた。

「あうう……、い、いっちゃう……、アアッ！」

愛撫を止めない以上、出してもいいのだろうと解釈し、行男は我慢するのを止めた途端、たちまち大きな快感に全身を貫かれてしまった。

「ンン……、明日香も飲んで……」

ちょうど含んでいた美沙子の口腔に第一撃が飛び込むと、彼女は口を離して続きを明日香に吸い取らせた。

「アア……」

行男は、ドクンドクンと勢いよくザーメンをほとばしらせながら、宙に舞うような快感に喘いだ。

明日香がある程度吸い出して飲み込むと、また美沙子が亀頭を含んできた。強く吸われ、彼は最後の一滴まで出し尽くしてしまった。

「く……、も、もう、止めてください……」

なおも吸引が続き、チロチロと尿道口を舐め回されながら、行男は過敏に反応し腰をよじった。

ようやく美沙子が口を離してくれ、行男はほっと力を抜いて身を投げ出し、荒い呼吸を繰り返しながら余韻に浸り込んでいった。

「さあ、少し休憩したら、今度は私たちに入れて。どうすれば回復が早まるかしら。こう？」

美沙子が添い寝して言い、張りのあるオッパイを彼の顔に押しつけてきた。

すると明日香も、反対側から柔らかな膨らみを迫らせた。混じり合った甘ったるい汗の匂いが、すぐにも股間に響いてきた。

行男はそれぞれの色づいた乳首を吸って舌で転がし、ジットリ汗ばんだ腋の下にも顔を埋めて濃厚なフェロモンを吸収した。明日香のツルツルの腋を舐め、美沙子のワイルドな腋毛に鼻を埋めるうち、ペニスは休む暇もなく急激にムクムクと鎌首を持ち上げていった。

「ふふ、すごいわ。こんなに早く立ってきた。もっと硬くして。どうすればいいの」

美沙子が顔を寄せて囁くと、行男は彼女の唇を求めた。

どうしても、高校時代はファーストキスに憧れて果たせなかったから、女性の唇や唾液や吐息に激しい執着があるのだ。

「唾を、いっぱい……」

「いいわ、飲みたいの？　じゃ明日香も一緒に」

美沙子が言うと明日香も反対側から添い寝し、二人で交互にキスしては口移しにトロトロと生温かな唾液を注ぎ込んでくれた。プチプチと弾ける小泡の一つ一つにも、彼女たちのかぐわしい吐息フェロモンが含まれ、飲み込むたびに甘美な悦びが全身に染み渡り、ペニスの硬度が増していった。

「美味しい？　すごい、カチンカチンになってきたわ……」

美沙子が言うと、さらに行男は彼女の熱く悩ましい吐息を求めた。

「息も欲しい……」

「いいの？　私も明日香も、昼食のあと歯磨きもしないで来たのよ」

美沙子は答えながらも、形よい口を開いて湿り気ある息を吐きかけてくれた。すると明日香も、恥じらいながら同じようにし、切なくなるほど甘酸っぱい果実臭の息を嗅がせてくれた。

左右それぞれの鼻の穴から、美女と美少女の吐息フェロモンが吸い込めるとは、これも贅沢な快感だった。

「ああ……、嬉しい……」

完全に回復しながら行男が言うと、美沙子が先に明日香を彼の股間に跨らせた。

「さあ、先に入れて」

美沙子は幹に指を添えて、跨った明日香のワレメに先端を誘導しながら囁いた。

明日香が座り込んでくると、屹立したペニスがヌルヌルッと柔肉の奥に呑み込まれていった。

「アアッ……！」

股間を密着させ、深々と貫かれた明日香が喘いだ。しかし、もう痛みよりは一体となった充足感の方が大きいようだ。

明日香はぺたりと座り込み、熱く濡れた膣内でキュッキュッと嚙みしめるようにペニスを締め付けてから、身を重ねてきた。

行男が股間を突き上げると、明日香も少しずつ腰を動かしてきた。

「痛くない？」

「ええ……、奥が、熱いです……」

美沙子の囁きに、明日香が小さく答えた。

「そう、まだオルガスムスは無理かも知れないけれど、痛みがなくなっただけ収穫だわ。繰り返せば、ある日突然大きな快感の波が押し寄せるから」

美沙子が言い、明日香の身体を引き離した。

「ね、交代してくれる。明日香はまたゆっくり、二人で会ったときにして」

美沙子はだいぶ待ちきれなくなっているようで、明日香もまだ挿入に慣れていないから、素直に身を離してきた。

すかさず美沙子がヒラリと跨り、明日香の愛液に濡れているペニスを自分の膣内に受け入れていった。

「ああーッ……！　気持ちいいッ……！」

美沙子は根元まで受け入れながら顔をのけぞらせて喘ぎ、完全に座り込んでグリグリと腰をくねらせた。

行男も、立て続けに感触や締め付けの異なる膣内を体験し、肉襞の摩擦に激しく高まっていった。

美沙子も身を重ね、横にいる明日香も一緒に抱きすくめてきた。

行男も二人に手を回し、真上の美沙子の重みと温もりを感じながら、また二人の唾液と吐息をいっぺんに求めた。

「アア……、すぐいきそう……」

美沙子が腰を動かしながら言い、行男も下から股間を突き上げはじめた。

大量の愛液が溢れて彼の陰嚢や内腿を濡らし、ピチャクチャと卑猥に湿った音を響かせた。

行男も、美沙子と明日香の混じり合った吐息を嗅ぎ、それぞれに舌をからめて生温かな唾液をすすりながら、動きを速めていった。そしてたちまち、二度目の絶頂快感に全身を貫かれてしまった。

すると、噴出を受け止めた美沙子も、同時に昇りつめたようだ。

「あう……、い、いく……、ああーッ……!」

彼女は声を上ずらせ、膣内を収縮させながらガクンガクンと苦しく身悶えた。

明日香も、同性のオルガスムスを目の当たりにして目を見張っていた。

行男は締め付けで揉みくちゃにされながら、ありったけの熱いザーメンを内部にほとばしらせ、心ゆくまで快感を味わった。

「ああ……、すごい……」

美沙子もすっかり満足しながら喘ぎ、徐々に硬直を解きながらグッタリと彼に体重を預けてきた。

行男は出し切って動きを止め、過ぎゆく快感を惜しむように、いつまでも内部でヒクヒクと幹を上下に震わせていた。

美沙子も、答えるようにキュッときつく締め付け、荒い呼吸を繰り返した。

彼は二人の混じり合った匂いに包まれながら、うっとりと余韻に浸り、溶けてしまいそうな一時を過ごしたのだった……。

第五章　蜜にまみれて

1

「まあ、撮れたのね。昨日、あの男っぽい人が来たと思ったけれど、女の子も一緒だったから、どうなったかと思ったのだけれど」

芳恵が、期待に目を輝かせて言った。

翌日、芳恵に呼ばれた行男は、借りていたデジタルビデオカメラを持って訪ねたのである。彼もまた、淫らな期待に激しく高まっていた。

「おとといは、三十代半ばぐらいの女の人が来ていたけれど、あれは？」

芳恵の言葉に、行男は少し怖くなってきた。あるいは芳恵は、通路に足音がするたび、魚眼レンズを覗いて行男の部屋に出入りする人をチェックしているのかも知れないと思ったのだ。

「あれは叔母です。必要な荷物があるからって、取りに来ただけですから」

「そう、それならいいわ。じゃ、とにかく観ましょうね」

芳恵は言って、カメラをテレビに接続した。そしてスイッチを入れて、ソファに並んで座った。行男も、映っているかどうか最初の部分だけ確認しただけで、全部は観ていないのである。

画面には、まず美沙子と明日香のカラミから映し出された。まだ行男がベッド脇で待機しているところである。

「まあ……、女同士で……？」

芳恵は目を丸くしながら、身を乗り出して画面を注視した。通常のアダルトＤＶＤによるレズものなら観たくもないだろうが、何しろ素人同士で、しかも昨日向いの部屋で行われたことだから芳恵の興味も倍加しているようだった。

「さすがに、いい身体をしているわ……。それにしても大胆ね……」

芳恵は特に美沙子の肢体に注目し、筋肉の躍動などを脳裏に刻みつけているようだった。今はスケッチしなくても、あとから画面をストップさせて、いくらでも参考に出来るだろう。

美女と美少女が互いにワレメを舐め合い、汗ばんだ肌で悶え、その喘ぎの熱気と匂いまで画面から漂ってくるように生々しく撮れていた。

やがて行男が参加し、二人の足を舐め、順々に股間に這い上がっていくと、隣で観ている芳恵の呼吸も弾み、甘ったるいフェロモンが濃く漂ってきた。

「あんなことをして……。悔しい……」

芳恵は呟き、行男の手をきつく握りしめ、肩を抱き寄せてきた。そして詰るように腕をつねったりしながらも、視線はしっかり画面に釘付けにさせていた。

「汚いのに、どうせシャワーも浴びていないのでしょう」

行男が二人の肛門を舐めるシーンを観て、芳恵が歯噛みするように言った。

やがて彼が仰向けになり、二人同時のディープキスをされながら激しく勃起しているシーンになった。

「こうして……」

芳恵は言い、彼を自分の前に座らせた。

行男が素直に移動し、芳恵の胸に寄りかかると、彼女は背後から抱きすくめながら、肩越しに甘い息を漂わせてきた。

この体勢だと、彼を抱きながら画面も観られるのだ。

「信じられないわ。三人でこんなことするなんて……」

芳恵は、背後から彼の肩に顎をのせて呟いた。その間も、行男の胸や股間を撫で回し、グイグイと彼の背に巨乳を押しつけていた。さらに腰には、彼女の恥骨の膨らみさえコリコリと感じられた。

行男も激しく興奮し、密着した彼女の温もりと、首筋に吐きかけられる甘い息に酔いしれた。

画面では二人によるダブルフェラチオで、行男が昇天しているところが映し出されていた。

「ああ、二人で飲んで……美味しいでしょうね……。気持ちよかったのね？」

芳恵が囁き、濡れた唇が首筋に触れた。行男が小さく頷くと、彼女は悔しげに彼の耳に歯を立ててきた。

さらに行男が回復し、明日香や美沙子と女上位で順々に交わっていくと、芳恵は我慢できなくなったように背後でブラウスを脱ぎはじめた。

行男にも脱ぐよう促し、やがて二人は完全にソファで全裸になってしまった。

やがて美沙子がオルガスムスに達し、ようやく再生が終わると、芳恵は彼の頬に手をかけて振り向かせ、熱烈に唇を重ねてきた。

熱くかぐわしい息が鼻腔を刺激し、潜り込んだ舌を舐めながら行男は激しく勃起した。彼女も相当に興奮が高まっているようで、やはり強烈な映像は前戯と同じ効果をもたらしたようだった。

ましして芳恵は嫉妬に燃えているから、なおさら欲情は倍加しているのだろう。

「ね、ベッドへ……」

芳恵が唾液の糸を引きながら唇を離して囁き、二人はリビングのソファから寝室へと移動した。

美人妻の体臭の染みついたベッドに仰向けになると、芳恵が再び念入りにディープキスをし、画面で見たように、ことさらにトロトロと生温かな唾液を注いできた。

「美味しい？」

「ええ、とっても」

「あの二人とどっちが美味しい？」

「芳恵さんが一番……」

「嘘つき」

芳恵が熱く囁き、彼の唇にキュッと歯を立ててきた。

「ああ……」

行男は甘美な痛みに喘ぎながら、彼女にしがみついた。

美沙子や明日香との３Ｐも夢のように素晴らしかったが、あれはどこか非日常の明るいプレイという感じだった。やはりこうして憧れの美人妻と、密室で二人きりで行う方が淫靡で興奮が増した。

すっかり高まっている芳恵は、ためらいなく最初から大胆に彼の鼻の穴から頬まで舐め回し、甘酸っぱい唾液の匂いに包み、ヌメリでヌルヌルにしながら首筋を這い下りていった。

熱い息で肌をくすぐり、乳首を舐め回しては歯を立て、左右とも念入りに愛撫してから腹を舐め下り、ペニスに熱い息を吐きかけてきた。

「大きいわ。これが昨日、二人の女に入ったのね……」

芳恵は幹を握りながら、まだ恨み言を繰り返し、尿道口を舐めはじめて滲む粘液をすすった。

「アア……、気持ちいい……」

行男は嚙まれるのではないかというスリルを味わいながら、滑らかな舌の動きに喘いだ。芳恵は舌先でチロチロと先端を舐め回し、丸く開いた口でスッポリと喉の奥まで呑み込んできた。

口の中は温かく濡れ、彼女は上気した頬をすぼめて吸った。

そして舌鼓でも打つように舌を巻き込んで蠢かせ、たっぷりと唾液にまみれさせてからスポンと口を引き離した。

さらに陰嚢を舐め回し、充分に二つの睾丸を舌で転がしてから脚を浮かせ、彼の肛門にまでヌルッと舌先を押し込んできた。

「あう……」

行男は、肛門から熱い息を吹き込まれるような快感に呻いた。

「ずるいわ。自分だけシャワーを浴びてきたのね」

前も後ろも舐めてから、芳恵が言った。確かに、呼ばれたときはセックスまで発展するだろうから、急いで身体を流してきたのである。

「ね、今度は私を舐めて……」

「ええ、跨いでください。でも、先に足を」

「こう……?」

芳恵は言い、傍らに座って片方の足を差し出してきた。

「おなかに座って……」

行男が言うと、彼女も素直に彼の下腹に座り、立てた両膝に寄りかかりながら顔に足をのせてきてくれた。

「人間椅子のようだわ。重くても我慢してね。いい気持ち……」

芳恵も夢中になって遠慮なく体重をかけ、彼の顔で足指を動かしてきた。

行男も生ぬるく湿り気ある足の匂いにうっとりしながら、彼女の足裏と指の間を丁寧にしゃぶった。

「ああ、くすぐったい……」

芳恵が喘ぐと、下腹に密着したワレメのヌメリが何とも妖しく感じられた。

両足とも、味と匂いが薄れるまで賞味すると、彼は芳恵の手を引っ張って顔の方に引き寄せた。彼女も前進し、今度は和式トイレスタイルで行男の顔を跨ぎ、しゃがみ込んできた。

ムッチリした白い内腿と下腹が彼の顔中に覆い被さり、中心部が鼻先に迫った。

陰唇は興奮に色づき、すでに大量の蜜が溢れて今にもトロリと滴りそうなほどシズクを膨らませていた。

彼は腰を抱えて引き寄せ、柔らかな茂みに鼻を埋め込んだ。

今日も恥毛の隅々には、汗と残尿の混じった芳恵の悩ましいフェロモンがたっぷりと籠もっていた。

「いい匂い……」

「アアッ……、早く舐めて、ここを……」

芳恵は羞恥に喘いで言い、自ら指の腹を当て、包皮を剝いて光沢あるクリトリスを露出させ、彼の口に押しつけてきた。

まるで木の実の皮を剝き、美味しい果肉を食べさせてくれるような仕草だった。

彼は真珠色のクリトリスに吸い付き、溢れる果汁をすすりながら舐め回した。

2

「ああ……、なんて、いい気持ち……」

芳恵が、彼の口にグイグイとクリトリスを押しつけながら喘いだ。

行男は美人妻の匂いに包まれながら必死に舌を這わせ、滴ってくる熱い愛液で喉を潤した。

やはり仰向けだとワレメに自分の唾液が溜まらず、分泌されるヌメリの滴りが感じられて嬉しかった。それに真下から見上げる、下腹のうねりや巨乳の震え、喘ぐ顔が実に艶めかしいのだ。

彼は芳恵の味と匂いを心ゆくまで堪能し、もちろんお尻の真下にも潜り込んでいった。残念ながら、今日は汗の蒸れた匂いが僅かに籠もっているだけで、秘めやかな刺激臭はなかった。それでも舌を這わせ、細かな襞を丁寧に舐めてから内部にもヌルッと潜り込ませた。

「あう……、そこはいいの……」

芳恵は言いながらも拒まず、入った舌先をキュッキュッと味わうように肛門を締め付け、彼の鼻先を新たな蜜でトロトロと濡らした。

やがて彼は舌を引き離し、再びワレメに戻って愛液をすすり、クリトリスに戻っていった。包皮を上唇で剝き、露出した突起を断続的に吸うと、

「アアッ……、そこ、もっと……！」

芳恵は激しく身悶えて言い、上体を起こしていられずに突っ伏し、完全に彼の顔の上で身体を縮めてしまった。

しかし、なおも舐め続け、彼が指まで潜り込ませていくと、

「あん、やっぱり本物がいい……！」

彼女は口走り、また身を起こして彼の股間へと移動していった。やはり、どうせ果てるなら一体となりたいのだろう。

仰向けのまま待機していると、芳恵はペニスに跨り、先端を熱く濡れた膣口にあてがい、深々と受け入れていった。

「ああーッ……！」

滑らかに根元まで貫かれると、芳恵は激しく喘ぎながら完全に座り込み、股間を密着させてきた。行男も熱く濡れた柔肉にきつく締め付けられ、息づくような収縮の中で激しく高まった。

すぐにも彼女は上体を倒して身を重ね、行男は下からしがみついた。

巨乳が胸で弾み、美人妻のかぐわしい吐息が鼻腔を撫でた。芳恵は待ちきれないように腰を突き動かし、股間をこすりつけてきた。

「ああ……、気持ちいい……」

行男も快感を口走りながら、彼女の動きに合わせて股間を突き上げはじめた。

溢れる愛液が動きを滑らかにさせ、次第に彼女はリズミカルに腰を使っていった。

「い、いきそう……」

芳恵が彼の肩に腕を回し、顔を寄せて喘いだ。唇を求めると、彼女はピッタリと重ね合わせ、貪るように舌をからめてきた。

行男は吐息と唾液に酔いしれながら動きを速め、上からも下からも彼女に吸い込まれてゆきたい気持ちに包まれた。
「いく……、気持ちいい、アアーッ……！」
たちまち芳恵がガクガクと狂おしい痙攣を開始し、膣内を艶めかしく収縮させた。
同時に彼も大きなオルガスムスの渦に巻き込まれ、溶けてしまいそうな快感の中で
ありったけの熱いザーメンを勢いよくほとばしらせた。
「あうう……、熱いわ、感じる。もっと出して、アアッ……！」
芳恵は噴出を受け止めながら声を上ずらせ、柔肉の蠢動の中で一滴余さず彼の体液
を吸い取った。
二人は徐々に動きを弱めてゆき、行男はすっかり満足して身を投げ出した。
芳恵も動きを止め、グッタリと重なったまま彼の耳元で荒い呼吸を繰り返した。
膣内はまだ貪欲にペニスを締め付け、まるで歯のない口が舌鼓でも打つように柔肉
が亀頭を巻き込み、余りのザーメンを搾り出した。
「ああ……、よかった……。力が入らない……」
芳恵は精根尽き果てたように呟き、何度も熱い息を震わせた。
行男も美人妻の温もりと匂いに包まれながら、心ゆくまで快感の余韻を味わい、呼
吸を整えた。

やがて彼女がノロノロと股間を引き離し、添い寝して身体を休めた。

行男が起き上がってティッシュを取ろうとすると、

「いいわ、一緒にバスルームへ行きましょう」

芳恵はそれを制し、ノロノロと起き上がってベッドを下りた。

二人でバスルームに行き、シャワーを浴びて互いの股間を洗い流した。もちろん狭い洗い場で、ボディソープにまみれた身体をヌラヌラとくっつけていると、たちまちまた彼は回復してきてしまった。

「ね、こうして」

行男は、互いの身体のシャボンを流してから、自分は座りながら彼女を目の前に立たせた。やはりバスルームというと、美女の身体から出るものを求めたくなってしまい、期待に激しく勃起してきた。

「どうするの……」

芳恵も素直に立ち、湯に濡れた熟れ肌を晒して言った。行男は彼女の片方の足をバスタブのふちにのせさせ、開いた股に顔を寄せた。

「オシッコして」

「まあ、浴びたいの?」

芳恵も再び興奮が高まっているから、ためらいよりも好奇心の方が大きいようで、拒むようなことはなかった。

すぐに下腹に力を入れてくれ、行男はワレメ内部で蠢く柔肉を覗き込んだ。

湯に濡れた茂みからは濃厚なフェロモンが消えてしまったが、舌を這わせると新たな淡い酸味の蜜が湧き出していた。

「ああ……、なかなか出ないわ。こんな格好ですることないから……」

芳恵が息を詰めて言う。まして股間に人の顔があったら、スンナリ出せる方がおかしいのである。

それでも、出そうという前向きの感じが伝わって彼は嬉しかった。

「あ……、いっぱい出そう……」

やがて待つうちに芳恵が呟くように言い、下腹を緊張させた。同時に、迫り出した柔肉が愛液とは違う液体に潤い、ポタポタと滴ったかと思ったら、たちまち一条の流れになってきた。

ゆるやかな放物線は彼の喉あたりを直撃し、容赦ない勢いになっていった。

「アア……、変な感じ……」

芳恵は目を閉じて呟き、壁に手を突きながら放尿を続けた。

温かな流れは彼の肌を伝い、回復しているペニスを心地よく浸して淡い匂いを揺らめかせた。

行男は舌を伸ばして受け止め、淡い味わいと匂いを吸収した。飲んでも抵抗なく、彼は喉を鳴らして何口か飲み込み、甘美な悦びで全身を満たした。

「飲んでるの……」

芳恵が気づいて言い、かえって股間を突き出すようにしてくれた。羞恥や抵抗感よりも、アブノーマルな行為に酔いしれているようだった。

ようやく流れが治まると、行男は開いた口をワレメに直接押し当て、舌を差し入れて余りのシズクをすすった。

「ああッ……、いい気持ち……」

芳恵が喘ぎ、片方の手を彼の頭にかけて押さえつけた。

潤いを舐め取っていると、たちまちオシッコの味が洗い流され、大量に溢れた愛液の味わいとヌメリが満ちてきた。

「ダメ、もう立っていられないわ……」

芳恵がガクガクと脚を震わせて言い、とうとう足を下ろして彼の前に座り込んできてしまった。

「ねえ、もう我慢できないわ。もう一度ベッドでして……」

彼女は言って行男にしがみつき、まだ自分のオシッコに濡れている彼の口にキスして、貪るように舌をからめてきた。

もちろん行男もすっかりピンピンに回復しているから、互いの身体をもう一度シャワーで洗い流してから、彼女を支えて立ち上がった。

身体を拭き、全裸のままベッドに戻ると、芳恵はすぐにも身を投げ出してきた。今度は彼の愛撫を受け止めたいのだろう。

行男も気が急《せ》く思いで彼女のワレメを舐め、すぐにも股間を進めて正常位で交わっていった。すっかり下地は出来上がっているからタップリと潤い、一気に根元まで挿入すると、

「ああーッ……！　すごい……」

芳恵は深々と受け入れ、身を反らせて声を上げた。

行男は股間を密着させ、温もりと感触を嚙みしめながら身を重ねていった。彼女も激しく下からしがみつき、股間を突き上げて高まっていった。

彼も激しく腰を突き動かし、滑らかなヌメリと肉襞の摩擦に包まれながら急激に絶頂を迫らせていった。

「す、すぐいっちゃう……、アアッ……！」

芳恵が熱く甘い息で喘ぐと、行男も股間をぶつけるように荒々しい律動を繰り返しながら、あっというまにオルガスムスの快感に全身を貫かれていった。

熱いザーメンを勢いよく噴出させると、

「あう……、い、いい……」

彼女は弓なりにのけぞって口走り、ヒクヒクと絶頂の痙攣を開始した……。

3

「こないだは、すごい経験だったわ……」

明日香が言う。美沙子との3Pのことだ。

今日は彼女のハイツで、行男は一緒に夕食を終えたところだった。スーパーのバイトが早番だったので、明日香にメールをし、売れ残りの総菜を買って訪ねてきていたのだ。

もう後片付けも終わって寛ぎ、明日香もそろそろ快楽への期待を意識してきた頃合だろう。

「そうだね。あんな体験は一生のうちでも滅多にないよ」

行男も答え、早くも激しい興奮に股間が熱くなっていた。

「ね、あっちへ行こう」

彼は明日香の手を握って、ベッドの方へと移動した。

今日はバイトに行く前にシャワーを浴びてきた。働いて少し汗ばんでいるが、シャワーを借りて中座すると、高まった雰囲気が中断されてしまうし、昨夜入浴したきりらしい明日香よりましである。

彼女も素直にベッドまで来て、一緒に並んで座った。

「三人はすごく興奮したけど、でも、なんかスポーツみたいだったよね。こうして二人きりの方がドキドキする」

「ええ……」

明日香も同じような気持ちらしく、小さく頷いた。

そして明日香の肩を抱くと、彼女が僅かに避けるような仕草をした。

「ね、今日は体育があって、すごく汗をかいているの。お願いだから、先にお風呂を使わせて……」

「へえ、文学部でも体育があるんだ」

まだ浪人の行男には分からず、意外な感じで言った。一年の基礎教養の中には、週に一回の体育の授業もあり、今日はバレーボールをしていたらしい。

「どれ、とにかく脱ごう」

行男は期待に胸を弾ませ、彼女のブラウスを脱がせにかかった。

「あん……」

明日香は小さく声を洩らしながら、されるままになった。行うにしろ入浴するにしろ、脱がなければならないのだ。

ブラウスを脱がせ、スカートとブラ、ソックスまで取り去ると、行男も手早く先に全裸になってしまい、彼女を仰向けにさせて最後の一枚を引き下ろし、両足首からスッポリと抜き取ってしまった。

そして添い寝すると、

「待って……、本当に、お願い……」

明日香が拒むように両手を突っ張ったが、彼は巧みにすり抜け、腕枕されるような形になった。そして腋の下に顔を埋め込み、愛らしいオッパイに手のひらを這わせてしまった。

「本当だ。今までで一番濃い匂い」

「ああン……、ダメ……」

彼女が羞恥に身をくねらせると、さらに濃く甘ったるい汗の匂いが立ち昇って行男の鼻腔を刺激してきた。

腋の窪みはジットリと汗ばんで湿り、ミルク系のフェロモンがたっぷり籠もっていた。スベスベの腋に舌を這わせても、あまり汗の味はしなかった。

行男は充分に美少女の体臭を嗅ぎ、そろそろと移動して薄桃色の乳首に吸い付いていった。

「アアッ……！」

明日香が顔をのけぞらせて喘ぎ、もうバスルームへ行くのは諦めたように身を投げ出してきた。

舌先で弾くように乳首を刺激すると、陥没しがちだった少女のそれは、徐々にツンと突き立ってきた。もう片方も念入りに舐め回し、腋と胸から漂う濃厚なフェロモンを嗅いだ。

さらに上からは、果実のように甘酸っぱい、行男の好きな美少女の息の匂いが吐きかけられ、やがて彼は首筋を舐め上げて、ピッタリと唇を重ねていった。

ぷっくりした弾力のある唇の感触と、果実臭の匂いを味わい、彼は舌を差し入れて滑らかな歯並びを舐めた。

明日香も歯を開いて受け入れ、彼は執拗に舌をからめ、心地よい舌触りと唾液のヌメリを堪能した。その間も、唾液に濡れた乳首を指でいじっているから、次第に彼女もじっとしていられないかのように身悶え、彼の舌にチュッと強く吸い付いて、激しく舌を蠢かせてきた。

行男は愛しくて、そっと美少女の唇を噛み、水蜜桃のような頬にも何度となくキスをした。そして耳の穴も舐め、ふんわりとした乳臭い髪にも顔を埋めながら、そろそろと明日香の股間に指を這わせていった。

「ああッ……!」

彼女が喘ぎ、内腿できつく彼の指を締め付けてきた。

しかしワレメは大量の蜜に潤い、指の動きはヌルヌルと滑らかになっていった。

やがて行男は股間から指を離し、彼女の肌を舐め下りて、可愛らしい縦長のオヘソを舐め、腰から太腿へと舌でたどっていった。

やはり早くワレメを舐めたい気持ちもあるが、せっかくいつになく汗ばんでいるのだから、隅々まで賞味したかった。

むちむちと張りのある健康的な太腿に頬ずりし、滑らかな肌を舐め、脛から足首まで下りていった。

そして足裏に顔を埋め、指の間に鼻を割り込ませると、やはりそこは汗と脂にジットリと生温かく湿り、普段の何倍も濃い匂いを染みつかせていた。

「ああン……、ダメよ、汚いから……」

舌を這わせると、明日香がむずがるような声を洩らし、足を震わせた。

行男は足裏を念入りに舐めてから爪先にしゃぶりつき、指の間に順々に舌を潜り込ませて賞味し、もう片方も執拗に貪った。

「アア……、くすぐったい……」

明日香は腰をよじって悶え、懸命に足を引っ込めようとした。行男も腹這いになって、彼女の脚の内側を舐め上げながら股間に顔を進めていった。

「恥ずかしい……」

両膝を開かせると、明日香が嫌々をして声を震わせた。

ワレメに迫ると、やはり今までで一番濃厚な熱気と湿り気が満ちていた。

はみ出す花びらはヌラヌラと清らかな蜜を宿して潤い、僅かに覗く柔肉も愛撫を待つように息づいていた。

若草の丘に鼻を押しつけると、蒸れた匂いが鼻腔に広がり、その刺激が心地よくペニスにまで伝わってきた。

「すごくいい匂い」

「やん、ダメ、言わないで……！」

股間から言うと、明日香は弾かれたようにビクッと腰を跳ね上げて答えた。

そのもがく腰を抱え込み、行男は鼻を茂みにこすりつけ、汗とオシッコの混じった芳香を嗅ぎながらワレメに舌を這わせていった。

トロトロと溢れる蜜をすすり、膣口周辺の襞を掻き回すように舐め、突き立ったクリトリスにも念入りに舌を這わせた。

「ああッ……！」

明日香は感じて喘ぎ、何度も弓なりに身を反り返らせながら、内腿でキュッときつく彼の顔を締め付けた。

行男は腰を浮かせ、オシメでも替えるような体勢にさせて、可愛いお尻の谷間に鼻を押しつけていった。大学で用を足したか、ツボミには秘めやかな鼻腔が馥郁と籠もり、彼は激しく興奮を高めて舐め回した。

「あうう……、ダメよ……、本当に汚いから……」

明日香は朦朧となりながら呻いて言い、薄桃色のツボミを震わせた。

行男は細かな襞を充分に舐めて濡らしてから、舌先を潜り込ませて滑らかな内壁まで味わった。

そして内部で舌を蠢かせてから引き抜き、左手の指を舐めて濡らし、肛門に浅く押し込んでみた。抵抗があったら止そうと思ったが、第一関節までは滑らかに潜り込んでいった。

「く……、い、いや……」

明日香は拒むようにきゅっと肛門を締め付けてきたが、さらに右手の指を膣口に入れると、彼女は身を強ばらせて奥歯を嚙みしめた。

前後の穴を塞いで、それぞれに内部で蠢かせながら、彼は再びクリトリスを舐め回すと、

「アアーッ……！」

明日香は三カ所を同時に刺激されて喘ぎ、張りつめた下腹をヒクヒクと波打たせて悶えた。愛液の量も増し、前後の穴がきつく締まって彼の指が痺れるほどだった。

「ダメ……、永沢君……、い、いく……、ああーッ……！」

たちまち明日香は、声を上ずらせて狂おしく腰を跳ね上げ、粗相したように股間をビショビショにさせなが[illegible]まった。いや、実際Gスポットをこすられ、

少しは本当にお漏らししてしまったようだ。

あとは声もなく身をよじり、何度もヒクヒクと狂おしい痙攣を繰り返した。

そして息も絶え絶えになって静かになると、彼は顔を上げ、それぞれの指をヌルッと引き抜いて、明日香に添い寝していったのだった。

4

「ひどいわ……、死ぬかと思った……」

明日香が、いつまでもハアハアと荒い呼吸を繰り返しながら、詰るように言った。

「でも、気持ちよかっただろう？」

「うん……、今までで一番……」

明日香が正直に答え、行男は顔中に美少女のかぐわしい吐息を感じながら気を高めた。やはり挿入するからには、彼女が正体を失くしているときではつまらない。だから少し待ち、明日香の呼吸が整ってから行動を起こした。

仰向けになって彼女の手をペニスに導くと、やんわりと握ってくれた。

そして顔を押し上げていくと、明日香は素直に身を起こし、ニギニギと愛撫しながら彼の胸に舌を這わせてきた。

彼女は軽く歯を立て、左右の乳首を強く吸ってから腹を舐め下り、やがて行男の股間に熱い息を吐きかけて、先端に舌を這わせてくれた。

舌先がチロチロと無邪気に尿道口を舐め、滲む粘液を拭った。そして張りつめた亀頭全体をしゃぶり、幹を舐め下りて陰嚢にもまんべんなく舌を這わせた。

睾丸を転がし、袋全体を温かな唾液にまみれさせてから、今度は本格的にスッポリとペニスを呑み込んできた。

「ああ……」

行男は美少女の温かな口腔に包まれ、うっとりと快感に喘いだ。

明日香は頰をすぼめて吸い付き、幹を丸く締め付けながら内部でクチュクチュと舌を蠢かせた。

彼は美少女の口の中でヒクヒクと肉棒を震わせ、清らかな唾液にまみれながら高まった。

股間を突き上げると、先端がヌルッとした喉の奥のお肉に触れ、唾液の分泌が増した。すると明日香が苦しげに口を離し、紅潮した顔を上げた。

行男は身を起こし、入れ替わりに彼女を下にさせた。

「こうして」

言いながら明日香を四つん這いにさせ、白く丸いお尻を突き出させた。無防備な体勢に、彼女は恐る恐る腰を浮かせ、何とも恥ずかしげな風情が艶めかしかった。

行男は上体を起こし、膝を突いてペニスを進めた。そしてバックから膣口にあてがい、ゆっくりと押し込んでいった。

「あう……」

顔を伏せたまま、明日香がお尻を震わせて呻いた。

大量の蜜のヌメリに、ペニスはヌルヌルッと滑らかに根元まで吸い込まれ、キュッと心地よく締め付けられた。

行男は股間を密着させ、下腹部に感じるお尻の丸みを味わった。向きが違うと感触も新鮮だった。彼は深々と押しつけて動かず、まずはバックの快感を噛みしめ、膣内の蠢きに快感を高めた。

やがて息づくような収縮に誘われ、彼も腰を抱えて前後に動きはじめ、何とも心地よい肉襞の摩擦を堪能した。

「アアッ……、気持ちいい……」

明日香がお尻を振りながら口走った。美沙子の手助けもあり、すっかり挿入快感に目覚めているのだ。

次第にリズミカルに律動すると、揺れてぶつかる陰嚢が愛液に濡れ、彼女自身の内腿にも溢れた分がネットリと滴りはじめていた。

行男は彼女の背に覆い被さり、両脇から回した手でオッパイを揉みしだき、ふんわりした乳臭い髪に顔を埋めながらピストン運動を続けた。

「ああ……、もっと……」

明日香が貪欲に喘ぎ、やがて感じすぎたのか腰を突き出していられず、横になってしまった。行男は抜け落ちないよう股間を押しつけ、横向きになった彼女の下の脚を跨ぎ、上になった脚に両手でしがみついた。互いの内腿が交差したので密着度が高まり、さらに大きな快感が二人を見舞った。

そして彼は暴発してしまう前に動きを止め、挿入したまま明日香をゆっくりと仰向けにさせていった。

やがて正常位まで持っていき、彼は再び身を重ね、屈み込んで桃色の乳首を吸い、唇も重ねて舌をからめながら腰の動きを再開させた。

「ンンッ……！」

明日香は彼の舌に吸い付きながら呻き、下からしがみついて、ズンズンと股間を突き上げてきた。

バックはお尻の丸みが感じられて心地よかったが、顔が見えないのが難点だ。やはりこうして舌をからめ、唾液と吐息を吸収しながら昇りつめるのが最高だった。

「アア……、いきそう……」

口を離し、明日香が顔をのけぞらせて言った。確かに膣内の締め付けも強くなり、断続的にビクッと腰が跳ね上がってきた。

「いいよ、いって……」

行男は、自分も限界になりながら囁き、股間をぶつけるように荒々しく突き動かしはじめた。

「い、いく……、あァーッ……！」

たちまち明日香は声を上げ、彼をのせたままブリッジするほどの勢いで身を反らせた。同時に膣内の収縮が最高潮になり、そのすさまじいオルガスムスに行男も巻き込まれていった。

「く……！」

突き上がる大きな快感に呻きながら、彼は熱い大量のザーメンをドクンドクンと柔肉の奥に勢いよくほとばしらせた。

「アア……、感じる……」

噴出を受け止めながら明日香が口走り、さらにガクガクと狂おしい痙攣を繰り返した。そしてザーメンを飲み込むように膣を締め付け続け、彼は少女でもこんなに激しい絶頂を迎えるのだと圧倒される思いだった。

行男は柔肌を抱きすくめ、白い首筋に顔を埋めて甘い髪の匂いを嗅ぎながら、心おきなく最後の一滴まで出し尽くした。

ようやく動きを止めると、明日香も満足げに力を抜き、荒い呼吸を繰り返した。

膣内はまだキュッキュッと締まり、応えるように彼も幹を脈打たせた。そして行男は美少女の唇を求め、甘酸っぱい果実臭の息を間近に嗅いで鼻腔を満たしながら、うっとりと快感の余韻を味わったのだった……。

5

「今夜、夜行で帰ることにしたの。その前に、もう一度と思って……」

翌日、いきなり智代が訪ねてきて行男に言った。

彼は部屋に上げ、早くも期待に股間を熱くさせてしまった。

それにしても、ここのところ何人もの美女と濃厚な時間が持てているが、この幸運がいつまで続くのか、やがてしっぺ返しが来るのではないかと行男は先行きが不安にさえなった。

智代はアパートも引き払い、もう旅行バッグを手に、すっかり旅支度だった。

「たぶん、これでもう東京へは来ないでしょうね。地元で再婚でもして、平穏に暮らしたいわ」

「ええ、どうか身体に気をつけて、幸せになってくださいね」

行男は心から言った。

「どうもありがとう。もう今は彼にも会いたくないし、この部屋に来ても、結婚生活の頃は何も思い出さないわ。ただ、行男君にもう一度会いたかっただけ」

彼女は言い、そっと行男の手を握って寝室へと促した。

「かまわない？　特急が出るまで二時間ばかりあるの」

「はい、是非……」

行男は答え、一緒に寝室に入って脱ぎはじめた。

先に全裸になってベッドに横になると、智代もたちまち熟れ肌を露わにして、一糸まとわぬ姿で添い寝してきた。

そして熱っぽく唇を重ね、かぐわしい息を弾ませて舌をからめた。

行男は激しく勃起しながら、バツイチ美女で元叔母の唾液と吐息を吸収した。

「アア……、美味しい……」

唇を離し、智代はうっとりと喘いだ。

行男が潜り込むようにして乳首を含むと、彼女は仰向けになって受け身の体勢になりながら、何とも甘ったるいフェロモンを揺らめかせた。

「ああ……、いい気持ち……」

舌で転がすと、智代は顔をのけぞらせて喘ぎ、彼の顔を柔らかな膨らみに抱きすくめてきた。

行男は軽く歯を当てて刺激し、もう片方の乳首も充分に愛撫した。腋の下にも顔を埋め込み、楚々とした腋毛に鼻をくすぐられながら、濃厚な汗の匂いに酔いしれ、熟れ肌を舌で下降していった。

脂ののった滑らかな肌は興奮に上気し、どこに触れても彼女はビクッと敏感に反応してきた。彼は中央に戻ってオヘソを舐め、腰骨からムッチリと量感のある太腿へと舐め下りていった。

脛から足首へ下り、足の裏にも顔を埋めると、そこは生温かく湿り、指の股も悩ましく濃い匂いをたっぷりと籠もらせていた。

行男は爪先にしゃぶりつき、明日香のときと同様に指の股にヌルリと舌を割り込ませた。

「あう……、いいの？　汚いのに……」

智代は息を詰めて呻きながらも、うっとりと身を投げ出していた。前回の体験を、一つ一つ味わいたいようだった。

彼は全ての指の間を賞味し、もう片方の足も同じように念入りに味わった。

そして脚の内側を舐め上げ、張りのある内腿を充分に愛撫してから、行男は彼女の両脚を持ち上げた。

「こうして、自分で抱えて」

「ああッ……、恥ずかしい……」

智代は言いなりになりながらも、ワレメと肛門まで丸見えにさせて喘いだ。

行男は先に、柔らかなお尻に舌を這わせ、丸みにそっと歯を立ててから、谷間に鼻を寄せていった。可憐な薄桃色のツボミは羞恥と期待にキュッキュッと襞を震わせ、鼻を埋めると秘めやかな匂いを生ぬるく籠もらせていた。

彼は激しい興奮にペニスを震わせ、嬉々として美女の恥ずかしい匂いを貪り、舌先でツボミを舐め回した。

「アア……、くすぐったいわ……」

智代は肛門を収縮させて喘ぎ、彼は充分に濡らしてから舌先を潜り込ませて、内壁の滑らかな粘膜を舐め回した。そして出し入れさせるように動かすと、両頬に双丘が密着して弾んだ。

彼の鼻先のワレメからは、濃厚な熱気と湿り気が漂い、開いた陰唇の奥には白っぽい粘液にまみれた膣口が覗いていた。

行男は舌が疲れるほど彼女の肛門を愛撫し、やがて脚を下ろさせて、舌先をワレメの方へと移動させていった。

柔らかな茂みに鼻を埋めると、甘ったるい汗の匂いと残尿の刺激がほどよくブレンドされ、行男は夢中になって嗅ぎながら舌を這わせはじめた。

陰唇の内側から柔肉、襞の入り組む膣口を舐めると、ネットリとした淡い酸味の蜜が心地よく舌を濡らしてきた。

「ああッ……、気持ちいい……、もっと舐めて……」

智代は身を反らせて喘ぎながら、クリトリスを舐めて欲しいというように股間を突き出してきた。行男ももがく腰を抱え込み、熟れたフェロモンを吸収しながら次第に舌先をクリトリスに集中させていった。

「あうう……、そこ、もっと……！」

智代が内腿できつく彼の顔を締め付けて言い、新たな愛液を大洪水にさせた。

彼は上の歯で包皮を剝き、露出した突起を小刻みに吸いながら、舌先で弾くように舐めた。

舌の動きも、下から上ばかりではなく、小さな円を描くようにしたり、時には軽く歯を当てて刺激したり、様々に愛撫した。

さらに明日香にもしたように指を膣口に押し込んで天井のGスポットをこすり、左手の人差し指の先も唾液に濡れた肛門に浅く入れて蠢かせた。

「アアッ……！　い、いきそう……、ダメ、変になりそう……」

智代は強烈な三点責めに声を上ずらせ、下腹を跳ね上げながら乱れに乱れた。愛液は粗相したように溢れて股間をビショビショにし、とうとうガクンガクンと絶頂の痙攣を起こしはじめてしまった。

「き、気持ちいいッ……、ああーッ……！」

口走りながら、彼女は弓なりに反り返ってオルガスムスに達した。

なおも彼は前後の穴に潜り込んだ指を蠢かせ、クリトリスを貪り続けると、智代は硬直したまま必死に腰をよじった。

「も、もう堪忍して……、死ぬ……」

息も絶え絶えになって言い、両手で彼の顔を突き放そうとしてきた。

ようやく行男も舌を引っ込めて顔を上げ、前後の穴からヌルッと指を引き抜いた。

「アア……！」

智代はほっとしたように声を洩らし、そのままグッタリと四肢を投げ出した。

行男は身を起こし、放心状態の彼女に股間を寄せ、正常位でゆっくりと挿入していった。

もちろん果てるつもりはなく、まずは上になって挿入快感を味わいたかったのだ。

自分でも、性急に果ててしまう心配も薄れ、だいぶセックスに慣れてきたものだと思った。

「あうう……」

深々と挿入すると、智代は力無く呻き、それでもビクリと反応し、きつく締め付けてきた。

行男は身を重ね、美女の温もりと感触を味わった。

小学生の頃は叔父叔母の結婚式に出たが、まさかその相手と、今こうして一つになるなど、全く人生の成り行きというのは分からないものだと思った。

彼は何度か腰を前後に突き動かし、濡れた柔肉の摩擦に高まった。

しかし、まだ智代はオルガスムスの余韻で息を弾ませ、どこか気もそぞろのようだった。

行男も何度か動き、暴発してしまう前に引き抜き、彼女に添い寝していった。

「ああ……、可愛いけれど、怖いわ……」

智代はこちら向きになり、腕枕して抱きすくめてくれた。だいぶ呼吸も整い、自分を取り戻してきたようだった。

「ね、舐めて……」

甘えるように言いながら智代の身体を押しやると、すぐに彼女は身を起こし、行男の肌を舐め下りて移動し、熱い息をペニスに吐きかけてきた。

今度は彼が身を投げ出す番である。

智代は屈み込み、先端にしゃぶりついてきた。喉の奥まで呑み込み、頬をすぼめてチューッと吸い、内部ではクチュクチュと激しく舌をからみつかせた。

そして口を離しては柔らかなオッパイをペニスにこすりつけ、谷間に挟みつけて揉んでは、また深々と含んでくれた。

「ああ……、いい気持ち……」

行男はうっとりと喘ぎ、彼女の口の中で、唾液に濡れた幹を上下に震わせた。

智代は顔を上下させ、スポスポと強烈な摩擦を繰り返し、彼も股間を突き上げて快感を高めた。

「ねえ、入れたい……」

絶頂を迫らせて言うと、智代はチュパッと軽やかに口を離し、自分から身を起こして彼の股間に跨ってきた。

幹に指を添えて先端を膣口に当て、息を詰めてゆっくりと腰を沈み込ませてきた。

たちまち屹立した肉棒は、熟れた果肉の奥へヌルヌルッと滑らかに呑み込まれてゆき、彼女は完全に座り込んで股間を密着させた。

「アア……、奥まで当たるわ。またすぐいきそう……」

智代は顔を上向け、目を閉じて快感を嚙みしめながら言った。

行男も、熱く濡れた柔肉にきつく締め上げられ、大きな快感を嚙みしめた。

彼女は何度か腰で円を描くように股間をこすりつけていたが、やがて身を重ねてきた。行男も下からしがみつき、徐々に股間を突き上げて、何とも心地よい摩擦を味わった。

「ああッ……、もっと突いて……！」

智代も腰を使い、動きを合わせながら熱く甘い息で囁いた。

彼は次第に勢いをつけて律動し、溢れる愛液で股間をビショビショにさせた。ピストン運動に合わせてピチャクチャと卑猥に湿った音が響き、彼女も急激に腰の動きを速めてきた。

たちまち快感が突き上がり、行男は美女のかぐわしい息を嗅ぎながら舌をからめ、生温かな唾液をすすりながら絶頂に達してしまった。

「い、いっちゃう……、アアッ……！」

口走り、怒濤のような快感に貫かれながら、彼はありったけの熱いザーメンを内部にはなった。

「ああ……、気持ちいい、いく……！」

噴出を受け止めると同時に、智代もオルガスムスに達して喘いだ。

行男は何度も激しくペニスを突き入れながら、最後の一滴まで搾り出した。そしてすっかり満足すると、徐々に動きを止めて余韻に浸り込んでいった。

「アア……、よかった、とっても……」

智代も声を洩らして動きを止め、グッタリと力を抜いて彼に体重を預けてきた。

前回は一期一会と思ったが、またこうして一つになることが出来た。しかし、今度こそ智代と会うのはこれで最後だろう。行男は名残惜しい気持ちで、何度か断末魔のように内部でペニスを震わせた。

そして重なったまま互いに充分に呼吸を整えると、やがて智代はノロノロと身を起こし、添い寝して少し休憩した。

「また、東京へ来たら寄ってくださいね」

「ええ、ありがとう……」

「もっとも、僕がここに住んでいるのは来年の春までだけれど」

「わかったわ」

智代は頷き、やがて起き上がってベッドを下りた。そしてシャワーを使い、身体を拭いて服を着た。

そろそろちょうどよい時間だろう。

行男も入れ替わりにシャワーを浴び、手早く身体を洗ってから服を着て、彼女を駅まで送っていくことにした。

一緒にドアから出るとき、また向かいから芳恵が魚眼レンズで覗いているような気がした。もちろん彼はそちらを見ることを控え、エレベーターに向かい、智代と二人でマンションを出た。

「もうここでいいわ。名残惜しくなるから」

「わかりました。じゃここで」

智代が言うと行男も答え、やがて彼女はバッグを持って歩き去っていった。

それを見送り、また彼は自分の部屋に戻ったが、特に芳恵からの呼び出しなどは何もなかった。

第六章　もっと淫らに

1

「いい？　しっかり摑まっていて」

美沙子が言い、行男が両手を回すと彼女はバイクをスタートさせた。

今日はバイトも休みなので、美沙子からのメールを受け、夕方から手伝いをすることになったのである。

マンションの前まで迎えに来てくれたので、まず彼女は行男を乗せて女子大へと行った。

長身の美沙子にしがみつき、街を疾走するのは心地よかった。しかし傍目には、男同士が乗っているように見えることだろう。

やがて構内の駐車場に止め、バイクを脱いでヘルメットを返すと、何やら周囲の女子大生たちが、みな彼の方を見ている気がした。別に若い男が珍しいわけではなく、宝塚スターのように人気のある美沙子が、どんな男を連れてきたのか興味があったのかも知れない。

大部分は、「何だ、坊やじゃない」「弟か親戚の子じゃないの」などという眼差しだ。とにかく行男は、美沙子に従って武道場の方へと歩いていった。

明日香は、もう夕方だからハイツへ帰っている頃だろう。

「こっちよ」

美沙子に言われ、二人は空手道場に入った。

武道場など恐ろしくて緊張するが、何しろ女子大生しかいないから、そのあまりに濃厚な汗の匂いに彼は胸を高鳴らせてしまった。

美沙子の姿を見ると、みな一斉に稽古の手を休めて一礼してきた。

「続けて。あ、そこの二人、手伝って」

美沙子は言い、手近な場所で組み手をしていた二人を呼び、一緒に道場脇にある更衣室に入った。

中も、道場以上に蒸れた思春期の汗や体臭が毒々しいほど充満していた。

私物入れのロッカーに、道着を置く棚がある。整頓されているが、干したタオルや飲食物のゴミなどの入った屑籠もあり、奥にあるドアはトイレのようだった。

「これは私の従弟で行男。今は浪人中なの」

美沙子が言うと、空手道着を着た二人の女子大生は、「よろしく」と言って頭を下げ、行男も挨拶をした。蒸れた匂いの更衣室内でも、汗びっしょりになっている二人からは新鮮な甘い匂いがした。

やがて美沙子はロッカーを開け、中に詰め込まれた武道雑誌を出し、すぐに二人が手伝って床に置いた。さらに奥から、鉄アレイや本などを取り出し、美沙子は自分のリュックにめぼしい数冊を入れただけで、残りを全て床に出した。

どうやら今まで使っていたロッカーを明け渡すようだ。

「じゃ、欲しいものは持って帰って。残りは捨ててくれる？」

「はい、捨てるものはありません。全部いただきます」

美沙子が言うと、一人が答えた。憧れの美沙子のものなら、全て取っておきたいのだろう。

「私はいったん帰るから、戻るまで静香《しずか》のアパートでこの子を預かって。好きに解剖していいから」

「そんな、大切にお預かりします」

二人が笑顔で言うと、美沙子は先に更衣室を出ていった。

「じゃ、とにかくこれを運びましょう。亜希子《あきこ》はそっちを持って」

静香と呼ばれた子が上級生らしく、てきぱきと雑誌を束ねて持った。下級生らしい亜希子も従い、行男は余った鉄アレイを両手に持って、三人で更衣室を出た。

もう練習も終わる頃らしく、二人は道場に礼をして、道着のまま武道場を出た。そのまま裏門から女子大を出ると、横断歩道を渡ってすぐの場所に静香のアパートがあった。

あまりに近いので寮かと思ったが、それでは男子は入れないだろう。見たところ、ごく普通の二階建てアパートで、一階の端が静香の部屋だった。

三人で中に入ると、やはり濃厚な思春期フェロモンが満ちていた。六畳一間とキッチンで、ベッドの上にはパジャマが置かれ、あとは机と本棚だけだ。キッチンも、お湯を沸かす程度にしか使っていないようだが、さすがに女の子らしく流しは清潔にしてあった。

「重かったでしょう。汗かいてるわ」

「いえ、大丈夫です」

静香に言われて答えたが、ようやく二つの鉄アレイを下ろすと、さすがに非力な行男はほっと力を抜いた。

「私たちもシャワー浴びましょうね」

静香が言い、亜希子も小さく頷いた。確かに二人は過酷な練習を終えた直後、雑誌の束を抱えてきたから額や鼻の頭には大粒の汗が滲んでいた。

「ね、従弟というのは嘘ね？　そんな人がいるなんて、今まで美沙子先生に聞いたことなかったもの。本当は何？」

静香が、興味津々で遠慮なく行男の顔を見つめて訊いてきた。

彼女は、美沙子のようにショートカットでボーイッシュな美女である。亜希子は長い髪をポニーテールにして、凛々しい顔立ちだが下級生なので遠慮がちに言葉少なだった。

どちらも、実に魅惑的で活発そうな女子大生たちだ。

「はあ、その……、ペットみたいなものです……」

何と答えてよいか分からないが、ペットというのが一番ピッタリの表現に思えた。

「まあ、じゃ美沙子先生に食べられてしまったのね。それなら、好きに解剖しても大丈夫かしら。美沙子先生も言っていたし、従弟じゃ気が引けるけれど、ペットならかまわないわね」

静香が言い、亜希子も好奇心に目をキラキラさせて行男を見つめた。

どうやら美沙子が選んだこの二人は、決して偶然ではなく、以前から男を知りたくて堪らず、美沙子もそんな気持ちを知っていたのかも知れない。

「ね、脱がせてもいい？　実は私たち、美沙子先生に憧れて、女同士でも楽しんでいるのだけど、まだ男を知らないの。先生は、両方知っている方がいいって言うけど今まで機会がなくて」

静香が言い、もう返事も待たず彼の服に手をかけ、脱がせはじめていた。

もちろん行男も室内に籠もる匂いと、二人が発する新鮮な汗のフェロモンに勃起していたから、お姉さんたちに身を任せ、脱がされるままになった。

たちまち全裸にされ、静香の匂いの染みつくベッドに仰向けにされた。

「わあ、立ってる……」

「これがペニス……、変な形……」

二人は左右から屈み込み、最初から彼の股間に近々と顔を寄せて熱い視線を注いできた。

そして二人は帯を解いて空手着を脱ぐと、下には何も着けていなかった。稽古中にはだける柔道なら下にTシャツを着るが、空手は胸紐があるから乱れず、道着とズボンを脱ぐと、すぐに一糸まとわぬ姿になったのだった。

先に静香が指を這わせると、亜希子もしなやかな指先で触れて、次第に遠慮なくいじってきた。

「ああ……」

行男は、初対面の美女たちに囲まれ、指の刺激に高まって喘いだ。

「気持ちいいのね。いいわ、出しちゃっても」

静香が言い、陰嚢にも指を這わせてきた。

「ここが金的の急所。蹴ると男は悶絶するわ」

彼女は、亜希子に急所の説明をしてから、とうとう屈み込んで舌を這わせてきた。

まずは陰嚢を舐め回し、二つの睾丸を舌で転がすと、顔を上げて亜希子にも同じようにさせた。そしてペニスにも舌を這わせ、尿道口から滲む粘液を二人で交互に舐め取ってくれた。

「男の匂い……」

亜希子が呟き、亀頭を含んで吸った。スポンと口を離すと、静香も喉の奥まで呑み込み、クチュクチュと舌を這わせて強烈な愛撫を繰り返した。股間には混じり合った息が熱く籠もり、ペニスはミックス唾液に温かくまみれた。

美沙子と明日香のダブルフェラにも激しく興奮したが、二人は彼の気持ちなど無視して容赦なく味見しているだけだから、３Ｐというより何やら二匹の雌獣に捕らえられ、食べられているような快感が湧いた。

交互にスポスポと摩擦され、しゃぶられているうち、たちまち彼は大きな絶頂に貫かれてしまった。

「い、いく……、アアッ……！」

行男は喘ぎながら、勢いよく大量のザーメンを噴出させた。

「ク……！」

ちょうど含んでいた亜希子が、喉の奥を直撃されて、驚いたように呻いて口を離した。すかさず静香が亀頭にしゃぶりついて、ほとばしる余りのザーメンを吸い出してくれた。

「ああ……」

最後の一滴まで飲み干され、行男はうっとりと喘いだ。

しかし二人はなおも頬を寄せ合い、先端を舐め回してきた。さすがにレズ関係にある二人だけあり、舌遣いは巧みで激しかった。

「も、もう……、どうか……」

過敏に反応しながら腰をよじると、ようやく二人は口を離してくれた。

そして行男を真ん中にして、左右から二人が添い寝してきた。

2

「汗臭いの嫌？　我慢してね。待ちきれないの」

静香が言い、行男にピッタリと汗ばんだ肌を密着させてきた。反対側からは亜希子もくっつき、たちまち彼は甘ったるい新鮮な汗の匂いに包まれた。

そして静香が唇を重ねてくると、亜希子も唇を割り込ませ、ネットリと舌をからめてきた。

静香の息は甘酸っぱい果実臭で、亜希子はホットミルクのような匂いだ。それぞれの舌が彼の舌を貪り、混じり合った唾液がトロトロと流れ込んで、生温かく彼の喉を潤してきた。

「ね、吸って……」

静香が口を離して胸を突き出し、張りのあるオッパイを押しつけてきた。何事も上級生の静香が先に行い、亜希子はすぐあとから同じようにした。

汗ばんだ柔らかな膨らみがムニュムニュと彼の顔中にこすりつけられ、行男は甘ったるく濃厚な汗の匂いで鼻腔を刺激されながら、ピンクの乳首に吸い付き、舌で転がした。

「ああン……、いい気持ち……」

二人は喘ぎ、さらに彼が窒息するほど押しつけてきた。

行男は順々に乳首を吸い、腋の下にも顔を埋めて悩ましい体臭を嗅いだ。

「匂い、嫌じゃないのね。じゃ、アソコも舐めてくれる?」

静香が、期待と興奮に目をキラキラさせて言った。

「ええ……、先に、足も舐めたい」

「汚れてるわ。いいの?」

彼女たちは身を起こして言い、行男の左右に座って、足を浮かせてきた。

行男はそれぞれの足首を摑んで顔に引き寄せた。二人は羞恥やためらいより、欲望を優先させ、足裏を彼の顔にのせてきた。

道場の床を踏みしめる逞しい足は、やはり生温かく湿り、指の股も充分に汗と脂に蒸れた芳香を籠もらせていた。

爪先をしゃぶって指の間に舌を割り込ませると、

「あぁッ……、くすぐったくていい気持ち……」

「早く、私も……」

二人は身を震わせて感じてくれ、行男も嬉しかった。この二人のレズ行為では、そんなに足指まで愛撫が行き届いていないのかも知れない。

やがて充分に舐め尽くすと、行男は先に静香の手を引いて、仰向けの顔に跨らせていった。

「アア……、男の子の顔を跨ぐって、こんな気持ちなの……」

静香が言い、股間を彼の鼻先に寄せてきた。

太腿は、美沙子ほど引き締まっていないが、ムッチリした張りと健康そうな弾力に満ちていた。

恥毛は薄く、ワレメからは綺麗な薄桃色の花びらがはみ出し、それが開いて奥の柔肉と膣口が覗いていた。すでに内部は大量の蜜に潤い、クリトリスも真珠色の光沢を放って突き立っていた。

茂みに鼻を押しつけると、甘ったるく濃い汗の匂いが鼻腔を刺激し、舌を這わせると大部分は汗の味だった。内部に舌を差し入れると、柔肉や膣口の襞を彩《いろど》るヌメリは淡い酸味を含んでいた。

クリトリスを舐めると、

「あう！　いい気持ち……」

静香が声を上げて座り込み、キュッとワレメで彼の鼻と口を塞いできた。

行男は濃厚なフェロモンにムクムクと勢いよく回復しながら舌を動かし、溢れる蜜をすすった。

そして潜り込んでお尻の谷間に鼻を埋め、可憐なツボミに押しつけていった。汗に混じり、微かに秘めやかな匂いが感じられた。彼は舌先で細かな襞を舐め回し、内部にも潜り込ませて粘膜を味わった。

「く……、んん……、変な感じだわ……」

静香は、潜り込んだ舌先をキュッキュッと肛門で味わうように締め付けて言った。

行男が充分に舐めて舌を引き抜くと、今度は亜希子が跨ってきた。やはり茂みは淡く、ワレメの見た目は幼く初々しいが、愛液はタップリ溢れていた。

匂いに包まれながら舌を差し入れると、やはり大量の淡い酸味の蜜が彼の口に流れ込んできた。

「アアッ……、もっと……」

亜希子が喘ぎ、彼の顔の上にペタリと座ってきた。そのオッパイを静香が吸い、うねる肌を舐め回した。

行男は、亜希子のクリトリスから肛門まで舐め回した。茂みにもお尻の谷間にも濃厚な汗の匂いが籠もり、愛液の量は静香よりも多かった。

すると、行男が亜希子のワレメを下から舐めている間に、再び静香がペニスにしゃぶりついて濡らし、そのまま跨って挿入してきたのである。

顔に亜希子が跨っているので見えないが、先端がヌルッとした柔肉に包み込まれ、股間に重みと温もりが感じられた。

「あうう……、痛いけど……それだけじゃないみたい……」

静香が言い、亜希子も背後での挿入に気づいたように振り返った。

確かに、二十歳前後になっていれば、痛みよりは達成感のようなものの方が大きいかも知れない。

「入れちゃったの……」

亜希子が驚いて、行男の顔から股間を引き離して彼女の様子を見た。

行男も、明日香に続いて二人目の処女の感触を味わい、その締め付けと熱いほどの温もりを感じた。

静香は身を反らせて硬直し、何度かキュッキュッと息づくような収縮を繰り返し、さらに腰も上下させてみた。

「アア……、これがセックスなのね。まだ痛いだけだけれど、我慢できる程度だわ。きっと、するごとによくなっていくのね……」

静香は感想を述べ、もう挿入体験は分かったからこれでいいというふうに、腰を浮かせて引き抜いてきた。

ペニスは完全に元の大きさになり、静香の愛液にまみれて光沢を放っていた。彼女は、何とか出血は免れたようだった。

「じゃ次、亜希子がしてみて」

静香に言われ、今度は亜希子が跨ってきた。

先端を濡れた膣口に押し当て、息を詰めてゆっくりとしゃがみ込むと、入っていく様子を静香が覗き込んでいた。

「ああッ……！」

座り込んで深々とペニスを受け入れると、亜希子が顔をのけぞらせて喘ぎ、行男も肉襞の摩擦快感に暴発を堪えて奥歯を嚙みしめた。

肉棒は根元まで潜り込み、彼女は杭に貫かれたように身を強ばらせていた。

さすがに、明日香や静香と同じぐらいきつく、中は燃えるように熱かった。

行男は立て続けの処女体験に高まっていたので、そのまま亜希子を抱き寄せた。

彼女が素直に身を重ねてくると、静香も添い寝してきた。

彼は下から抱きすくめ、ズンズンと小刻みに股間を突き上げはじめ、何とも心地よい柔肉のヌメリに包まれた。

「ああ……、熱いわ、奥が……」

亜希子が甘い息を弾ませて言い、拒まずに腰をくねらせた。すると静香は自分でクリトリスをいじりはじめたようだ。

行男は静香も抱き寄せ、また同時に三人で舌をからめながら、彼は美人女子大生たちの混じり合った唾液と吐息に酔いしれた。

「く……!」

彼はたちまち昇りつめ、突き上がる大きな快感に短く呻きながら、亜希子の柔肉の奥に二度目のザーメンをほとばしらせた。

「ああン、気持ちいい……」

静香も、オナニーしながら絶頂に達したように声を上げた。

亜希子の内部に満ちるヌメリに、動きはさらにヌラヌラと滑らかになった。

「アアッ……、なんか、変な感じ……」

亜希子が、まるで彼の絶頂が伝わったように声を上ずらせ、腰を動かした。

行男は最後まで出し切り、徐々に動きを弱めながら、美女たちのかぐわしい吐息に包まれ、うっとりと快感の余韻に浸り込んでいった。

どうやら、まだまだ絶大な女性運は続いているようだと思った。

やがて満足して萎えたペニスが、膣の締まりと、愛液やザーメンの潤いでヌルッと抜け落ちると、亜希子は彼の上から降りて添い寝してきた。

と、そのときドアがノックされ、ロックもしていなかったので、いきなり開いて美沙子が入ってきた。

二人はビクリとたじろいだが、美沙子なので安心して力を抜いた。

「したのね。どんどん男にも慣れていくといいわ」

さすがに両刀の大先輩である美沙子に言われ、二人は半身を起こして頷いた。

やがて静香と亜希子はバスルームに行って身体を流し、美沙子は行男に服を着るよう言った。

「行男は、家へ帰ってからシャワーを浴びなさい。私たちはこれから飲み会だから。この二人とも、たまに会ってあげて」

美沙子が言う。

それでも彼女は、バイクで行男をマンションまで送ってくれた。

部屋で、また美沙子とセックスするかも知れないと思ったが、彼女はすぐ引き返していった。

どうやら今日は美沙子が、セックス体験をしたがっている二人に、行男を提供しただけのようだ。

もっとも行男も、今日は二人としたので充分に満足していたから、このうえ美沙子とするのも大変だった。だから彼は一人でノンビリと遅い夕食をすませ、その夜はぐっすり眠ったのだった。

3

「どんどん人形が増えていきますね」

行男は、芳恵の部屋に並んでいく愛らしい人形を見回して言った。

彼をモデルにしたらしき、妖精ふうの人形が、いくつか覚えのあるポーズを取っている。映像を参考にした美沙子は、逞しいアマゾネスふうの人形になり、明日香らしき美少女の人形もあった。

そこには淫靡な雰囲気は微塵もなく、あくまでも可愛いファンタジーの世界が表現されていた。

いったい、あんな淫らな全裸ポーズや、3Pによるカラミ映像から、どうしてこんなに清らかな人形が出来るのだろうかと不思議だった。基本は布製で、目や口は面相筆で描いたものである。

もっとも表現が清らかだからこそ、その分ドロドロした欲望は全て芳恵の内部に澱《よど》んでしまうのかも知れない。それが一気に放たれそうになると、芳恵は彼をこうして呼び出すのだろう。

「ね、今日は型を取りたいの」

芳恵が言って、何やら道具を出してきた。

「何の型ですか」

「行男君の、立っているときのペニスの型」

「え……、そんなもの、どうして……」

言われて、行男は目を丸くした。

「もちろん、今の仕事には関係ないわ。私が持っておきたいだけ。毎日会えるわけじゃないし、行男君を剥製にするわけにもいかないから」

彼女は言い、道具を持って彼を寝室に誘った。

行男も従い、早くも妖しい期待に股間が痛いほど突っ張ってきた。

それにしても、人生のうちで最も勃起しやすい時期に、よりどりみどりの美女たちと縁が持てるというのは最高だった。通常なら、憧れや妄想で終わるべきことが全て実行できるのである。

もうこの先、どんなどん底の人生が待っていようとも仕方がないとさえ思え、彼は今の快楽の日々にのめり込んでいた。

言われて手早く全裸になると、芳恵は彼をベッドに仰向けにさせた。

そしてまずは、ビニールを広げ、彼の股間に覆いかぶせた。

しかもビニールには丸い穴が開いているから、そこに勃起したペニスを通して、ポールのように突き出させたのだ。

さらに細長いカップに、溶いた樹脂のようなものを入れてかき混ぜ、ペースト状にしてからペニスにかぶせてきたのだった。

「自分で動かないように押さえていて。固まるまで十分ぐらいだから、ずっと立たせたままにしておいてね。なるべくイヤらしいことを考えて。その間に、私は急いでシャワーを浴びてくるから」

「そ、そんな、考えているだけじゃ萎えます。脱いでそばにいてくれないと……」

芳恵が言ったが、行男は情けない声を出した。

実際は興奮が高まっているから萎える心配もないのだが、ペニスへの愛撫もなく十分もじっとしているのはつまらなかった。それにカップは不透明なので、萎えると言えば芳恵も不安になって何でもしてくれると思ったのだ。

「分かったわ。待って」

芳恵は答え、すぐにもブラウスとスカートを脱ぎ去ってゆき、たちまち一糸まとわぬ姿になってくれた。

そのまま添い寝しようとしたが、彼は押しとどめ、

「顔を跨いで」

先日の女子大生たちを思い出しながら言った。

「まあ……、恥ずかしいのに……」

「それがいちばん興奮するから。その前に足の指も嗅ぎたい」

行男は言いながら、何やら自分の恥ずかしい言葉だけでカップの中に射精してしまいそうなほど高まってしまった。もちろんここで漏らしたら台無しで、また最初から

やり直さなければならない。

「仕方ないわ……、いちばん立っているところを取りたいから……」

芳恵は言い、彼の顔の横に座り、片方の足をそろそろと浮かせ足裏で彼の鼻と口を塞いでくれた。

「いい匂い……」

彼は指の股に鼻を押しつけ、蒸れた芳香に鼻腔を刺激されながら言った。

「アア……、恥ずかしい。今日もお買い物でずいぶん歩いたのに……」

芳恵は不安定な体勢で、身をよじりながら言った。

行男は爪先をしゃぶり、舌を割り込ませて賞味した。そして足裏まで充分に舐めると足を交代してもらい、そちらも味と匂いを心ゆくまで楽しんだ。

「じゃ、跨いで」

言いながら手を引っ張ると、芳恵は彼の顔に跨り、しゃがみ込んで股間を迫らせてきた。

黒々と艶のある茂みが彼の息に震え、ワレメからはみ出す花弁は早くも露を宿して妖しい光沢を放ち、クリトリスも包皮を押し上げるように突き立っていた。

「ね、オマンコお舐め、って言って」

「い、言えないわ……、そんな恥ずかしいこと……」

「芳恵さんの声で、それを聞くとすごく勃起するから」

型を取りたいという弱みにつけ込んで言うと、芳恵も小さく嘆息して唇を湿らせ、興奮に陰唇を震わせた。

「オ……、オマンコ、お舐め……、アアッ！」

とうとう口走り、舐めさせるというより力が抜けたように、彼の顔に股間をギュッと押し当ててきた。

行男は柔らかな茂みに鼻を塞がれ、隅々に籠もる汗とオシッコの匂いで胸を満たしながら、熱く濡れた柔肉を舐め回した。生温かくヌラヌラする愛液が舌を伝って口に流れ込み、淡い酸味を伝えてきた。

「ああ……、いい気持ち……！」

芳恵が熱く喘ぎ、行男も執拗にクリトリスを舐めては、溢れる蜜をすすった。

「ねえ、もう少し前へ行って。お尻の穴も舐めたい」

行男は、ペニスにかぶせたカップを押さえていて動けないので、芳恵の股間の下から言った。

「そ、そんなところ舐めなくていいのよ……」

「舐めた方が、もっと大きくなるから」

殺し文句を言うと、芳恵は羞恥と戦いながら、僅かに腰を前進させてくれた。

顔の真上に白く豊かなお尻が迫り、その谷間が鼻にフィットしてきた。薄桃色のツボミには、ほんのりと鼻腔が籠もり、舌を這わせるとキュッキュッと細かな襞が息づくように蠢いた。

「あう……、汚いからダメ……」

芳恵は小さく言ったが、彼は顔中に股間があるから表情は見えない。

彼は充分に肛門を舐めて濡らし、舌先を潜り込ませて内壁も味わった。

「く……、そこより、前を舐めて、お願い……」

舌を蠢かせていると、やがて芳恵が息を詰めて言い、再び股間をずらしてクリトリスを彼の口に押し当ててきた。

行男はそこも執拗に舐め回し、包皮を剝いてチュッと吸い付き、軽く歯も当てて刺激してやった。

「アア……、気持ちいい、いきそう……！」

彼女は激しく喘いだが、ここで絶頂を迎えるのを惜しいと思ったか、それに固まる時間も迫っているので、懸命に股間を引き離してきた。そして添い寝し、愛液に濡れた彼の口や鼻を舐め回してくれた。

「ああ……、芳恵さんの息が、いい匂い……」

行男はうっとりと喘ぎ、芳恵の口に鼻を押しつけた。彼女も恥ずかしそうにしながらも興奮が高まっているので、熱く甘い息を弾ませながら、行男の鼻の穴を舐め回してくれた。

彼は甘酸っぱい唾液の匂いと、湿り気ある白粉臭の吐息に包まれながら、舌を伸ばしてからみつかせた。

「ンン……」

芳恵も熱烈に唇を重ねて舌を蠢かせ、貪るように彼の舌に吸い付いてきた。

さらに伸び上がるようにして、巨乳を彼の顔に押しつけて乳首を含ませた。

甘ったるい汗の匂いが生ぬるく顔中を包み込み、行男は色づいた乳首を吸って舌で転がした。

「あぁッ……、もっと吸って……」

芳恵は完全に腕枕してくれ、熟れ肌を悶えさせながら喘いだ。

行男は美人妻のフェロモンに噎せ返りながら乳首を吸い、やがてペニスを包む樹脂が固まってきたのを感じた。

石膏などと違って、凝固のときに熱を発生することもなく、やがて完全に固まったようだった。

芳恵も時間が経ったのに気づき、息を弾ませながらようやく身を起こした。

そして彼の股間に移動し、カップを握り、ゆっくりと引き抜いていった。

4

「いい？　少し中断するわね。作業するから」

芳恵は、まだ興奮覚めやらぬように言いながらも、固まった樹脂を崩さぬよう注意深くペニスからカップを引き抜いた。

特に痛いこともなく、それは滑らかにペニスから引き抜けた。

芳恵は内部を見て、型が取れている確認をしてから、別のピンク色の樹脂を溶いて、カップに流し込んでいった。

それが固まって引き抜けば、行男のペニスそのままのオブジェが出来上がるということだ。

流し込む作業を終えると、固まるのを待つあいだ道具を片付け、芳恵は彼をバスルームに誘った。一緒に入って洗い場に座ると、彼女がシャワーの湯を出し、まだ僅かな樹脂の付着のあるペニスを丁寧に洗ってくれた。

「どうもありがとう。これで上手くできていると思うわ」

「ええ、でもそれを飾るんですか？」

「ううん、会えないときに使うのよ。夜中とか、どうにも我慢できないときがあるから……」

芳恵が言う。それほどまでに、欲求の高まりに耐えられないときがあるのだろう。

やがて二人はボディソープで全身を洗い流し、残念ながら芳恵の熟れたフェロモンは消えてしまった。

「ね、オシッコ欲しい……」

「ダメよ。早くベッドへ戻って普通のセックスをするの」

甘えるように言ったが、芳恵は首を振り、そのままバスルームを出てしまった。

行男も諦め、一緒に身体を拭き、全裸のままベッドへと戻っていった。

そして彼が仰向けになると、芳恵はすぐにも屈み込み、貪るようにペニスにしゃぶりついてきた。

喉の奥まで呑み込み、熱く濡れた口の中で舌を蠢かせ、忙しげな息で恥毛をそよがせた。ちぎれるほど強く吸い付き、スポンと引き抜いては陰嚢にも舌を這わせ、さらに脚を浮かせて肛門にも舌を潜り込ませてきた。

「アア……！」

行男は激しい快感に喘ぎ、ペニスをヒクヒクと上下に震わせた。

彼女は充分に肛門に入れた舌を蠢かせ、引き抜くとまた陰嚢をしゃぶり、再び幹の裏側を舐め上げて、屹立したペニスを頬張ってきた。

芳恵は、さっきペニスがカップに覆われ、愛撫したくても出来なかった分を取り返すかのように貪った。

喉の奥まで呑み込みながら顔を小刻みに上下させ、スポスポと濃厚な摩擦を繰り返してから、やがて彼女も口内発射は本意でないかのように口を離した。

「上から入れて……」

芳恵が言うので行男は身を起こし、入れ替わりに彼女を仰向けにさせた。そしてもう一度オッパイとワレメを舐め、充分に濡らした。もう濃いフェロモンは消えてしまったが、新たな愛液は充分すぎるほど溢れ、彼の舌を淡い酸味の粘液で心地よくぬめらせてきた。

やがて彼は股間を押し進め、先端を膣口に押し当てて正常位で挿入していった。

ヌルヌルッと一気に根元まで貫くと、心地よく滑らかな肉襞の摩擦が彼自身を包み込んだ。

「ああーッ……！」

ようやく一つになり、芳恵が身を弓なりにさせて喘いだ。

行男も熱く濡れた柔肉に締め付けられながら、その温もりの中で快感を噛みしめ、身を重ねていった。

受け身になって女上位で美女を見上げるのもいいが、最近はようやく自由に動ける正常位のよさも分かってきたところだ。しかも体重を預けると、柔肌のクッションが何とも心地よいのだ。

「アア……、気持ちいい……、突いて。奥まで激しく……」

芳恵が熱く甘い息で囁き、長い睫毛の間から色っぽい眼差しで彼を見上げた。

彼は芳恵の肩に腕を回してシッカリと抱きすくめ、徐々に腰を突き動かしはじめていった。

何しろ潤滑油が豊富だから、動きはすぐにも滑らかになり、ピチャクチャと卑猥に湿った音が響きはじめた。芳恵も下から股間を突き上げ、彼の背に両手を回して動きを合わせてきた。

胸の下では巨乳が押し潰れて弾み、彼女が顔をのけぞらせて喘ぐたびに、熱く湿り気ある吐息が、かぐわしく行男の鼻腔を刺激してきた。

彼は唇を重ねて舌をからめ、鼻や頬も彼女の口に押しつけて唾液にまみれた。

「い、いきそう……」

「いって、私も、もう……、アアッ……！」

許可を求めるように言うと、芳恵も激しく喘ぎながら答えた。

動きを速めると、たちまち大きな快感のうねりが突き上がり、やがて行男も巻き込まれてしまった。

「く……！」

ひとたまりもなく、彼は昇りつめながら呻き、ありったけの熱いザーメンをドクンドクンと柔肉の奥へほとばしらせた。

「ああ……、感じる。もっと出して……、いく、ああーッ……！」

噴出を受け止めた途端、芳恵もオルガスムスのスイッチが入ったように声を上ずらせて口走り、膣内を収縮させながらガクガクと狂おしく熟れ肌を波打たせた。

行男は股間をぶつけるように激しく律動し続け、粘膜の摩擦と肌のぶつかる音を響かせた。

そして飲み込むような締め付けの中で、最後の一滴まで心おきなく出し尽くし、徐々に動きを止めていった。

芳恵も熟れ肌の硬直を解き、次第にグッタリと力を抜いていった。

「アア……、よかった、とっても……」

彼女は荒い呼吸とともに呟き、行男を乗せたまま大きく胸を上下させた。

行男は深々と押し込んだまま、美人妻のフェロモンと温もりの中でうっとりと余韻を噛みしめ、やがて股間を引き離して添い寝していった。

芳恵は腕枕してくれ、汗ばんだ肌を密着させたまま、しばし呼吸を整えた。

ようやく彼女は起きあがり、ティッシュで互いの股間を処理し、もう乾いているカップ内の樹脂から、ペニスの型を引き抜いていった。

「良くできているわ」

「本当……」

彼女が言うと、行男も身を起こして覗き込んだ。尿道口から亀頭のカリ首、浮いた血管やシワまで克明に再現されていた。しかもピンク色だから、何やら卑猥な感じだった。

芳恵が出来を確かめるため、様々な角度からいじり回すと、彼は自分のペニスが弄ばれているような気になった。

「こんなに精巧にできると思わなかったわ。大切にするわね」

「あの……、何か、変な感じなんですけど……」

芳恵の口調に行男が言うと、彼女は顔を上げて改まった表情で言った。

「実は、北海道へ行くことになったの。もっと早く言わずにごめんなさいね」

「え……、そ、そんな……」

行男は、すぐには理解できず、とにかく大変なことが起きたのだと思った。

「どうしても、うちの人があちらで暮らしたいというので。私も、宅配便を使えば人形の仕事は続けられるし」

「いつなんですか……」

「明日、業者が荷物を全部運ぶわ。もう不動産の手続きも終わっているから、私もすぐに」

「そんな急に……！」

「でも、親はこちらにいるから、二、三カ月おきぐらいに帰ってくるわ。やっぱり男女は近すぎるとダメ。適度な距離をおかないと。どうしても、私は行男君が気になって、年中ドアのレンズを見るようになってしまっていたから」

「それが原因で……？」

「もちろんそれだけじゃないわ。夫婦は、ちゃんと距離を詰めないと、と思ったの。もっとも彼は忙しいから、きっとセックスレスになるわ。だから、行男君のペニスを持っていくの」

「……」

言われて、行男はうなだれた。もう一回ぐらいしたいと思っていたが、悲しみですっかり萎縮してしまった。

最後の一回なら、もっと熱を入れたかったのだが、やはり最後と聞いたら緊張で立たなくなってしまうかも知れない。だからすんだあとに言われてよかったのだろう。

「そんなに気を落とさないで。また会えるわ。だから元気で」

「ええ……」

行男は答え、やがて一緒にシャワーを浴びたが、やはりもう回復はしなかった。彼は黙々と身体を拭いて服を着ると、やがて彼女の部屋を出て自室へと戻った。

芳恵が、記念に人形を一体くれた。

もちろん彼自身がモデルのものなど持っていても仕方がないので、彼女のオリジナルの美女人形である。

それを枕元に置き、その夜は寝ようとしてもなかなか眠れなかった。

芳恵が、このマンションで過ごす最後の夜と思うと、いても立ってもいられず、夜中でも訪ねてしまいたい衝動に駆られた。

しかし行ったところで、もう悲しみが大きくてセックスなど出来ないだろう。彼女の腕枕で寝たとしても、やはり辛くなるばかりに違いなかった。

そのうち、彼はいつしか眠りに就いてしまっていた……。

5

——数日が過ぎた。

行男は勉強とバイトの日々を送っていた。明日香も、講義が忙しくなってきているので、あれから会っておらず、日に一回メールするぐらいだった。

とにかく芳恵が引っ越してしまってから、どうにも元気が出ず、オナニーさえしない夜があるほどだった。

まあ明日香は恋人だし、そのうち講義が一段落すれば会えるのだから、寂しいなどと言っては罰が当たってしまうだろう。

（もう一度、隣の部屋に入りたいな……）

行男は思った。この部屋とはシンメトリックな鏡の世界、それが芳恵の部屋だったのだが、すでにそれは幻になってしまっている。

この空虚な感じは、元叔母である智代との別れの比ではない。彼は何かと溜息ばかりつき、もっと芳恵と、ああしておけばよかった、このような愛撫もしておきたかった、と女々しく思ってばかりいた。

今日は向かいに誰かが引っ越してきたようで、ずっと荷物を運び込む物音が聞こえていたが、もう終わったようで静かになっていた。彼は魚眼レンズを覗く気力もなく、部屋に籠もって熱の入らない受験勉強をしていた。

と、チャイムが鳴った。

「はい……」

行男は力無く答え、ドアまで行った。

「どちら様ですか」

「今日、越してきました、大杉と申します。ご挨拶に」

言われて、ドアを開けてみると、そこに何と美沙子が立って笑っていた。

「あれ……？　美沙子さん」

「今日越してきたのよ。なに、その元気のない顔は。勉強のしすぎじゃないの。みんないるから来て」

美沙子は言い、彼の手を引っ張った。行男は慌てて施錠し、サンダルで向かいのドアから入っていった。

そう言えば美沙子は、学内の私物の整理をしていた。あれは引っ越し準備だったのだろう。それが芳恵の部屋に来ることになろうとは、夢にも思わなかった。

偶然にしては出来すぎなので、美沙子が部屋を探しているとき、たまたま行男と同じマンションが空くのを知って、ここに決めたのだろう。

(まさか、こんなに早くこの部屋に入るとは……)

行男は、ほんの数日なのに懐かしい気持ちで中に入った。それは、智代が、かつて暮らしていたマンションに入って涙ぐんだ気持ちに似ているかも知れない。

「こんにちは、いらっしゃい！」

「うわ……」

リビングで宴会をしていた女子大生たちが、入ってきた行男に言った。

空手部の静香や亜希子、その他数人がいて、中には明日香もいるではないか。みな憧れの美沙子の引っ越しの手伝いに来ていたようだ。さらに、美沙子のペットらしい黒猫もいた。

リビングもキッチンも寝室も大きく様変わりして、かつての芳恵の部屋の面影はなかった。

そして今は、何しろリビングにひしめいている女子大生たちの生ぬるいフェロモンが、むせ返るように充満していた。何しろ引っ越しの手伝いで汗をかき、そのままピザなどを取って宴会しているのだ。

「座って」

美沙子は僅かなスペースに行男を押し込み、ウーロン茶を注いでくれた。ビールを飲んでいるのは美沙子や、上級生グループの一部だけだ。とにかく行男も、女子大生たちに挟まれてピザをつまんだ。

「明日香の彼氏の行男よ。みんなよろしくね」

美沙子が、颯爽としたタンクトップ姿で彼を皆に紹介してくれ、そして宴会が再開された。

「先生、こんな広い部屋で結婚でもするんですか」

一人が訊いた。

「さあ、結婚は今のところ予定はないわ。一部屋はトレーニングルームにするの」

「そう、よかった。結婚なんかしないでくださいね」

美沙子が答えると、大部分の女子大生たちは安心したようだった。それほど、美沙子の存在はアイドルに等しいのだろう。

やがて日が暮れると、皆は帰っていった。

明日香だけでも残って、行男の部屋にでも寄るかと思ったが、仲間が多いらしく、そのまま引き上げてしまった。

残ったのは美沙子と猫だけである。

さすがに全員が帰ってしまうと、一人暮らしには広いマンションだった。

キッチンやリビングの冷蔵庫やテーブル、テレビやソファなどの位置は、芳恵の頃とほぼ同じ配置だった。あとは寝室と書斎、腹筋台などが置かれたトレーニングルームである。

「ちょうどここが空いていたから驚いたわ。近すぎても気にしないで。年中呼び出したりはしないから」

「ええ、僕もマイペースですから」

行男は答え、驚きや期待とともに、すっかり芳恵との別れの悲哀も吹き飛んでしまっていた。

「今日はバイトも休みね。じゃ、してもいい？」

美沙子は、ストレートに言ってきた。

彼が頷くと、すぐにも一緒に寝室へ入り、脱ぎはじめた。猫はついてこず、おとなしくリビングのソファで眠ってしまっていた。

「静香や亜希子みたいに、男を知りたい子たちが多くいるわ。モルモットにしてもいい？」

「ええ、いつでも」

行男は胸を高鳴らせながら脱ぎ、激しく勃起したペニスを露出し、先にベッドに横たわった。奇しくも、芳恵のベッドと同じ位置で、彼は奇妙な気分で前と同じ天井を見上げた。

手早く全裸になった美沙子もベッドに上り、熱烈に唇を重ねてきた。

柔らかな感触と、滑らかな舌が潜り込んだ。燃えるように熱い息吹は、ビールやチーズやほのかなガーリックの匂いなども混じって、実に悩ましく濃厚に彼の鼻腔を掻き回してきた。

そして充分に舌をからめ、行男が美女の唾液と吐息に酔いしれると、美沙子は彼の肌を舐め下り、時たま歯を立てて刺激しながら、勃起したペニスにしゃぶりついてきた。彼は美沙子の熱い息を股間に受けながら、吸引と舌の洗礼に身悶えて快感を高めていった。

そして彼女は、ペニスを含んだまま身を反転させ、遠慮なく彼の顔に跨り、股間を迫らせてきたのだ。

女上位のシックスナインの体勢になり、行男も下から彼女の腰を抱き寄せ、まずは潜り込むようにして柔らかな茂みに鼻を埋めた。

今日も一日中動き回った美沙子の股間には、タップリと甘ったるく濃い汗の匂いが渦巻いていた。

ワレメに近づくとオシッコの匂いが強くなり、彼は何度も深呼吸しながら蜜の溢れはじめた果肉を舐め回した。突き立った大きめのクリトリスを吸い、息づく膣口を味わい、さらに伸び上がってピンクの肛門にも鼻を埋め込んで嗅ぎ、細かな襞に舌を這い回らせた。

やはり外にいる時間が多かったので、どこかで用を足したのだろう。美沙子のツボミは秘めやかな匂いを馥郁と籠もらせていた。

行男が彼女の前や後ろを舐めている間も、美沙子はペニスを喉の奥まで呑み込んで吸い、舌をからみつかせて唾液にまみれさせていた。熱い鼻息が陰嚢をくすぐり、執拗に舌が蠢き、いよいよ行男は危うくなってきた。

それを察したようにスポンと口を引き離し、美沙子が身を起こして女上位で向き直ってきた。

先端を膣口に受け入れ、ゆっくりと感触を味わうように腰を沈めてくると、たちまちペニスは根元まで柔肉の奥に呑み込まれていった。

「アアッ……！　気持ちいい……」

美沙子が完全に座り、密着した股間をグリグリとこすりつけるように動かしながら喘いだ。行男も股間に温もりと重みを受け、熱く濡れた膣内にきつく締め付けられながら息を詰めた。

やがて美沙子が身を重ね、彼の肩に腕を回し、逞しい肉体でのしかかってきた。

そして伸び上がってオッパイを迫らせると、彼も潜り込むようにして色づいた乳首を吸い、濃厚な汗の匂いに包まれた。

舌で弾き、軽く噛むと、彼女は息を弾ませながらもう片方も含ませ、充分に愛撫した。彼は腋の下にも顔を埋め、ミルク臭のフェロモンで胸を満たしながら、徐々に股間を突き上げはじめた。

「ああッ……、いきそう……」

美沙子が喘ぎ、腰の動きを一致させて、大量の愛液を漏らした。

「い、いく……、アアッ……！」

一足先に昇りつめ、行男は突き上がる快感に口走りながら勢いよく射精した。

「き、気持ちいいッ……！　ああーッ……！」

同時に美沙子も声を上げ、ガクンガクンと狂おしい痙攣を開始した。

行男は溶けてしまいそうな快感を貪り、美女の匂いに包まれながら、心おきなく放出したのだった……。

◎本作品はフィクションであり、文中に登場する個人名や団体名は実在のものとは一切関係ありません。

二見文庫

ご近所妻《きんじょづま》

著者　睦月影郎《むつきかげろう》

発行所　株式会社 二見書房
東京都千代田区三崎町2-18-11
電話 03(3515)2311［営業］
03(3515)2314［編集］
振替 00170-4-2639

印刷　株式会社 堀内印刷所
製本　合資会社 村上製本所

落丁・乱丁本はお取り替えいたします。
定価は、カバーに表示してあります。

ISBN978-4-576-09076-4
http://www.futami.co.jp/

二見文庫の既刊本

鎌倉夫人

MUTSUKI, Kagero

睦月影郎

「丑三つ時に無人の江ノ電が通り、それに乗ると異世界へ運ばれる」――そんな噂を確かめに真夜中の江ノ電の駅に向かう、童貞大学生・純司とその先輩の亜紀。期待と不安で待つ二人の前に本当に電車が――。着いた先は、明治44年の鎌倉だった。ある男爵家の令嬢・里美と知り合った彼らは彼女の別荘に滞在することに。純司は、男爵の妻・比呂子らと体験を重ねていく……。書き下ろしタイムスリップ・エロス。